Que nadie duerma

Juan José Millás

Que nadie duerma

Papel certificado por el Forest Stewardship Council®

Primera edición: febrero de 2018
Primera reimpresión: febrero de 2018

© 2018, Juan José Millás
c/o Casanovas & Lynch Literary Agency, S. L.
© 2018, Penguin Random House Grupo Editorial, S. A. U.
Travessera de Gràcia, 47-49. 08021 Barcelona

© Diseño: Penguin Random House Grupo Editorial, inspirado en un diseño original de Enric Satué

Printed in Spain – Impreso en España

ISBN: 978-84-204-3295-3
Depósito legal: B-26436-2017

Compuesto en MT Color & Diseño, S. L.
Impreso en Unigraf, Móstoles (Madrid)

AL32953

Penguin
Random House
Grupo Editorial

Primera parte

1

Al verse en el espejo, Lucía dijo: Esa gorda soy yo.

Lo dijo sin intención alguna de ofender, de ofenderse, ya que, más que gorda, era una falsa delgada. Se lo había dicho su madre cuando era una cría, después de ayudarla a salir de la bañera y mientras le secaba el pelo:

—Mírate los muslos, eres una falsa delgada, como la mayoría de las aves zancudas.

La niña se había ido a la cama intentando descifrar aquella contradicción. ¿Por qué parecía delgada si era gorda? Durante los siguientes días buscaría en los libros ilustraciones de aves zancudas, para observar sus muslos, y durante el resto de su vida se vigilaría de manera obsesiva, temerosa de que su cuerpo acabara revelando la verdad. Pero atravesó el resto de la infancia y la adolescencia sin que los cambios físicos inherentes al tránsito alteraran la sentencia de su madre. En ningún momento perdió los volúmenes sutiles de las zancudas ni de las falsas delgadas, en quienes, según fue comprobando con el tiempo, la frontera entre la exuberancia y la ligereza se borraba.

En el trabajo de Lucía había una obesa patológica que falleció al adelgazar. Al principio todos sospechaban de su gordura, pero luego sospecharon de su delgadez. Su muerte confirmó las sospechas, fueran cuales fueran, pues nadie llegó a concretarlas. Al día siguiente de su fallecimiento, la empresa, dedicada al desarrollo de aplicaciones informáticas, instalación, configuración y mantenimiento de redes, entró en una quiebra fraudulenta y cerró.

El mundo estaba lleno de programadores más jóvenes y mejor preparados que Lucía, por lo que al contemplar su horizonte laboral sintió un malestar de orden físico que se acentuó al abandonar las instalaciones de la firma y tomar un taxi, pues su coche estaba en el taller e iba cargada, como los despedidos de las películas, con una caja de cartón repleta de pertenencias personales. A saber:

—Una caracola de playa que usaba como pisapapeles.

—Una taza de cerámica y una caja de bolsitas de té verde.

—Un termo de un litro para el agua caliente.

—Un diccionario inglés-español/español-inglés.

—Otro diccionario de sinónimos y antónimos.

—Un cepillo de dientes y un tubo de pasta.

—Un bote de crema hidratante.

—Una caja de tampones.

—Un cuaderno en el que resolvía algoritmos.

–Unos calcetines de lana muy gruesos para cuando la calefacción estaba baja o el aire acondicionado alto.

–Un kit de tijeritas, lima y cortacutículas para las uñas.

–Un rollo de papel higiénico y dos paquetes de kleenex.

–Una caja de barritas energéticas.

–Un paquete de braguitas de papel.

El taxista resultó ser también un informático que al quebrar su empresa no había logrado recolocarse en el sector.

—Con la indemnización y unos ahorros —contó a Lucía— pagué la entrada de la licencia y ahora soy mi propio jefe.

—¿Y esto es negocio? —preguntó ella.

—Cuando liquidas las deudas, si le echas horas, puedes vivir, pese a la amenaza de los Uber y los Cabify. Pero te tiene que gustar. A mí me encanta ir de acá para allá todo el día viendo a la gente, conociéndola, escuchando las cháchacharas del asiento de atrás. Se dan muchas situaciones especiales. Además, cada día imagino que trabajo en una ciudad distinta. En Nueva York, en Delhi, en México...

—¿Y en qué ciudad estás hoy? —preguntó Lucía.

—Hoy, en Madrid.

—Eso no hace falta imaginarlo, es donde estamos.

—Pero yo necesito convencerme. Mira —añadió mostrándole un libro de autohipnosis que llevaba en el asiento del copiloto—, cuando logras imaginar lo que haces y hacer lo que imaginas, todo de forma simultánea, desaparece la ansiedad de tu vida. Yo antes era muy ansioso, pero se me quitó y ahora mismo soy capaz de estar en Madrid estando en Madrid.

—Ya —dijo Lucía.

—Y cuando estás con la mente y con el cuerpo en el mismo sitio, la realidad adquiere una luz extraordinaria. Créeme.

—Como cuando imaginas que haces una tortilla mientras haces una tortilla —dijo ella con una ironía que el hombre no captó.

—Exacto. O como imaginar que follas mientras follas.

A eso no respondió porque le pareció que se estaba insinuando. Lo vio en sus ojos a través del espejo retrovisor y, aunque no le disgustaron, pensó que no era el momento.

Llegó a su apartamento a media mañana y abandonó la caja de cartón junto a la puerta. Rosi, la asistenta, que iba tres horas, dos veces a la semana, estaba pasando la aspiradora. Lucía la invitó a sentarse para comunicarle que tendría que prescindir de ella, al menos mientras se prolongara su situación laboral. Rosi la escuchó con frialdad, y tras echar cuentas de lo que le debía y recibir el dinero, se fue dejando la aspiradora en el suelo, sin desenchufar. Antes de salir, metió las manos en el bolso, sacó las llaves del piso y las tiró al sofá, aunque rebotaron y cayeron al suelo, cerca de los pies de Lucía, que no había esperado que le diera las gracias, pero sí que le enumerara sus rutinas domésticas para facilitarle el relevo.

Los cacharros del fregadero estaban limpios. Apartó la aspiradora con el pie, dio dos pasos y se quedó quieta en medio del salón-cocina. Quieta y asustada, como si se encontrara en un apartamento que no fuera el suyo. Y en efecto, el apartamento, a esas horas de la mañana, no era suyo. Se quitó los zapatos y avanzó hacia el dormitorio para ver si la cama estaba hecha. La atmósfera le resultaba un poco siniestra. El edificio permanecía en silencio, como si sus moradores lo hubieran abandonado tras una alarma de ataque nuclear.

La cama también estaba hecha.

Entró en el cuarto de baño, se miró en el espejo y fue cuando dijo sin ánimo ofensivo: Esa gorda soy yo.

Entonces empezó a escuchar ópera. Al principio creyó que la música estaba dentro de su cabeza, pero luego advirtió que salía de la rejilla de ventilación que había encima de la bañera. No le gustaba la ópera y era muy poco sensible a la música en general, aunque escucharla a traición, viniendo de no sabía dónde, casi la mata. Conservaba un disco con una antología de arias de Maria Callas que le habían regalado hacía tiempo con un periódico dominical. Un día lo puso por poner y lo quitó a los dos minutos porque le generaba ansiedad. El aria que salía de la rejilla de ventilación era la primera de ese disco, la reconoció enseguida por el desasosiego que le produjo en su momento. En cambio, ahora se sentó en el bidé y entró en éxtasis. Al poco estaba llorando de emoción como una idiota.

—Algo va a suceder —dijo en voz alta.

He ahí una frase que había pronunciado miles de veces a lo largo de la vida, aunque generalmente no sucedía nada. La había aprendido de su madre, que a veces se detenía en medio de una acción, decía «algo va a suceder» y permanecía ausente unos instantes. Después, como no ocurriera nada (nada visible al menos), continuaba bajando las escaleras, peinándose o lo que quiera que estuviera haciendo antes de la suspensión. Lucía heredó aquella amenaza de un acontecimiento de carácter indeterminado siempre a punto de suceder y siempre aplazado.

Pero una vez, el día precisamente que cumplió diez años, sí sucedió algo. Como era domingo, la niña corrió nada más despertarse a la cama de sus padres para que le dieran el regalo, del que solo le habían dicho que se trataba de una sorpresa. Mientras el padre se levantaba de la cama para ir a buscarlo en donde lo tenían escondido, la madre se incorporó y dijo:

—Algo va a suceder.

14

En ese momento, entró el padre en la habitación con una gran jaula en cuyo interior había un pájaro de pico excesivo y que, de tan negro, parecía azul. Movía la cabeza nerviosamente como buscando a alguien conocido, bien con el ojo izquierdo, bien con el derecho. Ante la expresión ambivalente del rostro de la niña, el padre dijo:

—Ha sido idea de tu madre.

La madre se acercó entonces a la jaula, frunció los labios y produjo con la lengua una suerte de chasquido que calmó al animal.

—Se llama Calaf —le dijo—, viene de la lejana China.

—¿Puedo acariciarlo? —preguntó Lucía.

—Cuando te conozca mejor.

Por la tarde, celebraron el cumpleaños de la niña, al que fueron invitados algunos familiares y varios compañeros y compañeras de colegio. La idea había sido celebrarlo en el jardín, pero llovió durante la noche y la hierba estaba mojada. Se encontraban, pues, dentro de la casa, en la cocina, donde la niña acababa de soplar las diez velas, y su padre repartía la tarta entre los pequeños cuando Lucía advirtió que su madre había desaparecido y fue a buscarla al salón. No la vio, pero algo hizo que se asomara a la ventana que daba al jardín para descubrir que había salido a orinar. La escena turbó a la niña, que intentó justificarla imaginando que quizá el aseo del piso de abajo estuviera ocupado.

Vio cómo se subía la falda y se bajaba las bragas y vio que en el momento mismo de agacharse, y a tal velocidad que parecía un proyectil, bajó del cielo un pájaro negro que la golpeó con el pico en la cabeza. Lucía escuchó el ruido del pájaro al romperse el cuello y el del cráneo de su madre al recibir el impacto. Los dos, el pájaro y la mujer, cayeron desmayados o muertos. Lucía permaneció rígida, incapaz de moverse o gritar, como solía sucederle en las situaciones de conflicto.

Apareció entonces su padre, que había notado la ausencia de las dos, y al ver a la niña mirar con espanto hacia fuera abrió la puerta y salió al jardín. En lo que llegaba adonde se encontraba la madre, y sin que él pudiera apreciarlo, pues la tapaba un arbusto, Lucía vio salir del pico del pájaro una especie de pompa de jabón rellena de humo que entró en el cuerpo de la madre, deformándose ligeramente al atravesar los labios. Entonces, la mujer resucitó. Cuando el padre llegó junto a ella, Lucía comprendió por sus gestos que trataba de explicarle lo ocurrido, señalando alternativamente su cabeza, de donde manaba mucha sangre, y al pájaro muerto.

El padre la ayudó a subirse las bragas y, tomándola del brazo, la condujo precipitadamente al interior de la vivienda. Un tío de Lucía que era médico y que había acudido a la fiesta de cumpleaños le examinó la herida y dijo que había que darle puntos.

—Y quizá ponerle una inyección antitetánica —añadió.

El padre y la madre salieron corriendo a Urgencias y la fiesta continuó bajo la vigilancia de los adultos que se encontraban en ella. Lucía fingió divertirse, incluso lo intentó, pero el suceso impidió que acabara de integrarse aquel día en la fiesta.

Sus padres regresaron al cabo de tres o cuatro horas, cuando ya habían recogido a todos los invitados. La madre tenía un apósito en la cabeza. Le habían tenido que afeitar esa zona del cuero cabelludo. Pero se encontraba bien, aseguró, pese a los diez puntos que le habían dado, tantos como años cumplía Lucía.

Después de que su padre y su madre tomaran algo mientras se comentaba lo extraño del suceso, el padre propuso salir al jardín para ver al pájaro muerto. Como era ya de noche y fuera no había luz, lo alumbraron con una linterna muy potente que guardaban en el garaje. Lucía pensó que se parecía a Calaf, el pájaro que había recibido como regalo de cumpleaños.

—Es un mirlo gigante —dijo el padre.

El tío médico dudó, pues aunque el pico, anaranjado, parecía de mirlo, por el tamaño se aproximaba más a un cuervo. Ambos sugirieron meterlo en una bolsa de plástico y arrojarlo al cubo de la basura. La madre, en cambio, opinó que lo correcto era enterrarlo allí mismo y nadie se atrevió a contradecirla. El padre de Lucía trajo entonces una pala del garaje, cavó una fosa y dejó caer en su interior el ave, que enseguida quedó cubierta por la tierra. El tío de la niña se despidió y a ella la mandaron a dormir.

Antes de meterse en la cama, estuvo observando durante unos minutos a Calaf, introduciendo entre los barrotes de la jaula un lápiz al que el animal se acercaba para picotearlo. Le habían dicho que con paciencia se le podía enseñar a hablar.

—Algo va a suceder —le dijo Lucía despacio con intención didáctica.

El pájaro respondió produciendo con el pico un chasquido semejante a aquel con el que su madre lo había tranquilizado.

Ya en la cama, cuando estaba a punto de que se le cerraran los ojos, entró su madre en la habitación y le preguntó si le había gustado el regalo.

—Bastante —dijo la niña.

Después la madre añadió que sentía lo ocurrido, a lo que Lucía no contestó. Por un lado, habría querido confesar que lo había visto todo, pero por otro se dio cuenta de que en realidad no se lo confesaría a su madre, sino al pájaro que la había invadido. Calló por miedo a las consecuencias, entre las que se incluía la de que la tomaran por una loca. Luego se durmió intentando convencerse de que todo había sido producto de su imaginación.

Al poco de estos acontecimientos, la madre de Lucía desapareció de la casa.

—Está internada —la informó su padre.

—Está internada —repetía el resto de los familiares, como si el internamiento fuera una etapa de la vida por la que todo el mundo, tarde o temprano, tuviera que pasar.

Transcurridos unos meses, la madre volvió pálida, delgada y silenciosa, con los ojos extraviados, como si distinguiera con ellos formas invisibles para el resto de los mortales. Su padre y la niña la ayudaron a meterse en la cama, de la que ya no saldría hasta su muerte. Su nariz, de las llamadas aguileñas, rasgo que heredaría Lucía, había acentuado la forma de gancho que evocaba el pico de un pájaro. Murió cuando la niña no había cumplido aún los once años, y delante de ella.

—Algo va a suceder —dijo la moribunda observando el techo y las paredes de la habitación, como si una golondrina hubiera entrado y salido por la ventana, que permanecía abierta. A Lucía, que había seguido la trayectoria de su mirada, le pareció ver que una sombra del tamaño de un pájaro pequeño atravesaba el dormitorio.

La madre sonrió, produjo un ligero estertor y cerró los ojos. La niña supo que había muerto, pero fingió no darse cuenta y volvió a su cuarto para contárselo a Calaf, el pájaro que le habían regalado el año anterior y con el que había establecido una intensa relación de amistad.

Algo va a suceder.

La frase se manifestaba de vez en cuando en la cabeza de Lucía como un fantasma en un pasillo y con idéntica entonación a aquella con la que la pronunciaba su madre. Al tiempo de evocarla, una sombra veloz, con forma de ave, atravesaba su mente.

Al morir la obesa patológica de su empresa, Lucía y sus compañeros acudieron al entierro para acompañar a la familia. Justo en el momento en el que el ataúd descendía hacia la tumba, un pájaro grande aleteó sobre las cabezas de los deudos y Lucía cayó en la cuenta de que al día siguiente cumpliría los años que tenía su madre cuando murió. Recibiría como regalo inverso la noticia de que su empresa cerraba víctima de una quiebra fraudulenta provocada por su dueño, que resultó ser un delincuente.

Algo va a suceder, se dijo entonces, y a los dos segundos comenzó a salir la voz de Maria Callas de la rejilla de ventilación del cuarto de baño.

Y ella, sentada en el bidé, lloraba como una idiota por una manifestación musical que, si se hubiera dado en su propia casa, le habría parecido un ruido insoportable.

2

Supuso que la música, dado que los sonidos, como el humo, tienden a ascender, procedía del apartamento de abajo, del tercero, pero no fue capaz de ponerle cara a la persona que lo ocupaba, aunque vivía allí desde hacía siete años. Cuando murió su padre, vendió la casa familiar con jardín, que estaba en las afueras, para adquirir este apartamento de dos estancias situado en Canillas con Cartagena. Y todavía le sobró una cantidad que sumó a sus reservas, pues el dinero le proporcionaba seguridad.

Ni conocía a sus vecinos ni ellos a ella. La mayoría iban y venían, ya que los apartamentos, casi todos de alquiler, estaban ocupados por gente que se acababa de divorciar o que se encontraba en Madrid de paso. También había estudiantes que se instalaban al comenzar el curso, en octubre, y desaparecían en junio. Desde hacía algún tiempo, Lucía coincidía en el ascensor con turistas que debían de alquilarlos por tres o cuatro días a través de internet.

Este trasiego de personas fue definitivo a la hora de tomar la decisión de comprar el piso, pues detestaba las relaciones de vecindad. El único rostro estable era el del portero, un polaco que lo mismo

arreglaba un enchufe que una cisterna y que, aparte de las labores propias de un conserje, se ocupaba
del mantenimiento de la finca. Aparecía por la mañana, desaparecía por la noche, y facilitaba el número de su móvil a todo el mundo, por si de madrugada sucedía una catástrofe en el edificio.

Lucía ignoraba cuánto tiempo había permanecido escuchando la música procedente de la rejilla
de ventilación, porque cayó en un estado de ensueño en el que le fue revelado su futuro laboral. De
hecho, se contempló a sí misma conduciendo un
taxi por las calles de Madrid. Visualizó la ciudad
desde el asiento del conductor, realizando un zoom
continuo sobre las personas y los edificios, girando
a derecha e izquierda caprichosamente. Le gustaba
conducir, siempre le había gustado. No se cansaba.
A veces, hacía viajes de quinientos o seiscientos
quilómetros por el mero placer de pasar seis o siete
horas a solas consigo misma, dándole vueltas a esto
o a lo otro mientras prestaba una atención mecánica
a la carretera.

En su cabeza, mientras conducía el taxi, sonaba
la ópera que escuchaba sentada en el bidé, aunque
ella imaginaba que surgía del reproductor del coche y no del apartamento de abajo. Su melodía le
rompía el corazón al tiempo que potenciaba su ensueño. Así, imaginaba que recogía a un pasajero de
unos cuarenta y cinco o cincuenta años, bien vestido, educado, y que olía a una colonia cara, cuyos
efluvios se trenzaban con los de su propio perfume,

como el humo de dos cigarrillos aromáticos. Esa danza invisible entre las dos fragancias, con la voz de Maria Callas multiplicando la tensión aromática, la hacía estremecerse de los pies a la cabeza. Entonces el pasajero preguntaba:

—¿Le gusta la ópera?

—Me gustaría que me gustase —respondía ella con sinceridad.

Pensaba que le seduciría más mostrándose un poco insuficiente, aunque ambiciosa, porque eso colocaba al pasajero en una situación de superioridad que volvía locos a los hombres. La escena fantástica había alcanzado ya una calidad de real extraordinaria cuando cesó la música y Lucía volvió de golpe a su cuarto de baño. Tenía las bragas húmedas y se le habían puesto duros los pezones. En otras circunstancias, con ese grado de excitación, quizá se habría masturbado, pero le pareció que sería como ensuciar la fantasía de la que acababa de salir. Se lavó la cara con agua fría, regresó al salón, encendió el ordenador y escribió en Google: «Venta de licencias de taxi en Madrid».

Había decenas de anuncios de particulares y de gestorías que proporcionaban información sobre el asunto. Llamó a un par de números para hacerse una idea del precio de una licencia, que oscilaba entre los ciento veinte y los ciento cincuenta mil euros, dependiendo del estado del automóvil y del día de la semana que le tocara descansar. Se enteró también, con alivio, de que para conducir un taxi ya no se necesitaba un carné especial, de los de manejar camiones. Bastaba con el de conducir turismos. Solo era preciso pasar un examen de itinerarios urbanos y de conocimientos de los centros de interés de la ciudad. Había que estudiar asimismo un poco de legislación y resolver pruebas psicotécnicas carentes de dificultad. Era cuestión, en fin, de ponerse a ello, bien matriculándose en una academia, bien adquiriendo un surtido de manuales para estudiarlos por cuenta propia.

Se levantó de la mesa excitada por la idea e hizo cálculos. Sus ahorros bastaban para adquirir una licencia sin pedir nada al banco y aún le quedaría en la cuenta lo suficiente como para enfrentar una situación inesperada. Además, al darse de alta como autónoma para emprender un negocio, podría solicitar que le adelantaran las mensualidades del paro a las que tenía derecho. Empezó a recorrer el apartamento de un lado a otro, mordiéndose las uñas. Del mundo de la informática, dada la situación del mercado, podía olvidarse, pero es que además le apetecía cambiar de vida y no hacía más que recibir indicaciones que le señalaban la dirección del cambio.

Algo va a suceder, dijo su madre dentro de su cabeza.

Volvió al ordenador, entró en la página del Ayuntamiento y comprobó que al mes siguiente había una convocatoria de examen para la obtención de la cartilla. Tenía treinta días para preparar unas pruebas relativamente sencillas en una persona con sus capacidades. Sin dudarlo más, en un impulso impropio de su temperamento, pues solía ser calculadora, pidió que le enviaran los manuales para ahorrarse el dinero de la academia, que juzgó un lujo innecesario.

3

Pasó el examen sin dificultad. El psicotécnico (cincuenta preguntas a responder en veinte minutos) fue coser y cantar. Y el de legislación del taxi (quince preguntas en quince minutos), tampoco le supuso un esfuerzo. Memorizaba bien y eso es lo que hizo, memorizar cada uno de los artículos como había memorizado en su día lecciones enteras de los cursos de informática que se resistían a su comprensión. Tuvo más problemas con los ejercicios consistentes en identificar un punto determinado en un plano ciego de la ciudad. Pero acertó los seis que le pusieron. La idea de «plano ciego» le seducía como concepto. La vida era también un plano ciego en el que cada uno debía ir colocando los acontecimientos que la delimitaban.

Uno de esos acontecimientos que se había repetido cada mañana, mientras estudiaba legislación o hacía psicotécnicos, era la música que se colaba desde el tercer piso en el suyo a través de la rejilla de ventilación del cuarto de baño. Siempre óperas. Muchas le sonaban porque pertenecían a la banda sonora de algunas películas; otras, porque las había oído aquí o allá sin prestarles atención. La mayoría, pese a escucharlas por primera vez, la conmovían como si hubieran formado parte de sus hábitos musicales en una existencia anterior a la actual.

Durante esos días, compró algunos discos *(Carmen, La traviata, Aida, El barbero de Sevilla)*, cuya escucha, en su aparato reproductor, no solo no la conmovía, sino que acababa poniéndola nerviosa. En cambio, cuando estas composiciones llegaban a su apartamento a través del respiradero, dejaba de estudiar, iba al cuarto de baño, se sentaba en el bidé o en la taza del retrete y se moría literalmente de amor, no sabía de amor a quién, en todo caso a alguien de otra dimensión, como si la música auténtica perteneciera a una instancia diferente de la realidad en la que ella vivía y se colara en la suya a través de los tabiques que separaban esas dimensiones. Esta idea, obtenida de un artículo leído en internet, le provocaba una fascinación a la que no podía sustraerse.

Ahora, para bajar a la calle, utilizaba siempre las escaleras, deteniéndose con brevedad frente a la puerta del apartamento del tercer piso, que se encontraba debajo del suyo. Por lo general, la música estaba alta, pero no resultaba molesta. Nunca coincidió con la persona que ocupaba el apartamento, de quien llegó a pensar que se trataba de un universitario o universitaria acostumbrada a estudiar con música. En sus tiempos de estudiante, había conocido a gente capaz de concentrarse con la radio encendida.

Cuando faltaban dos días para su examen de taxista, y un poco cansada ya de repetir test psicotécnicos y de colocar calles del extrarradio en mapas ciegos, decidió armarse de valor y bajar a conocer a la persona del tercero, propietaria de aquel repertorio musical. Previamente, se duchó y se perfumó, pero se puso sobre la ropa interior un chándal de andar por casa a fin de no parecer que se había arreglado para la visita. Le temblaban las piernas a medida que descendía cada escalón, como si, en lugar de bajar al tercero, estuviera descendiendo al sótano. Llamó tímidamente a la puerta, atravesada en ese instante por la queja de un tenor (había estudiado ya las diferentes tesituras de las voces) que daba la impresión de implorar algo, Lucía no sabía qué porque lo imploraba en italiano.

Nada se alteró en el interior de la vivienda, por lo que llamó una segunda, una tercera y hasta una cuarta vez, esta ya sin esperanza de que la atendieran, por lo que mantuvo el dedo sobre el timbre con cierta irritación, tratando de imaginar qué clase de persona era capaz de poner un disco a todo volumen y largarse a hacer la compra. Estaba, pues, a punto de darse la vuelta cuando alguien bajó el volumen del reproductor y se escucharon unos pasos atravesando el apartamento.

Antes de que pudiera reponerse del susto, la puerta se abrió un poco y una cabeza de hombre pájaro se asomó a través de la rendija resultante. Su expresión era neutra, ni de fastidio ni de alegría. Tras comprobar que Lucía no vendía nada, abrió un poco más y le fue posible verlo de cuerpo entero. De unos cuarenta y cinco años, alto y delgado, tenía la nariz en forma de pico de águila y el pelo, blanco, exageradamente desordenado, como si se lo mesara sin pausa. Llevaba unos pantalones vaqueros y una camiseta negra, de manga corta.

—Perdona —dijo Lucía—, vivo en el apartamento de arriba y he tenido una fuga de agua debajo de la pila. Quería saber si ha afectado a tu cocina, para avisar al seguro.

El hombre pájaro le franqueó la entrada y Lucía se dirigió con seguridad a la cocina americana empotrada en el extremo izquierdo del salón.

—La humedad debería estar ahí —dijo señalando la zona del techo que coincidía aproximadamente con el paso de sus tuberías.

El hombre pájaro se encontraba detrás de ella, valorando su culo de falsa delgada, supuso Lucía. Lo confirmó al volverse y comprobar que desviaba bruscamente la mirada de donde la tuviera depositada para colocarla en la zona que ella le indicaba.

—Pues no se aprecia nada en la pintura —dijo él fingiendo observar con detenimiento el lugar donde debería haberse manifestado la gotera.

Entretanto, la música sonaba tenuemente provocando en Lucía una emoción idéntica a la que sentía cuando la escuchaba desde el cuarto de baño de su apartamento.

—¿Qué suena? —preguntó haciendo una señal hacia el aparato.

—Pavarotti interpretando a Puccini —dijo él—. *Turandot.*

—¿Qué dice ahora? —se atrevió a preguntar.

—Dice que mi misterio está encerrado en mí, que nadie sabrá mi nombre y que sobre tu boca lo diré cuando resplandezca la luz.

Pavarotti continuó cantando en italiano mientras el hombre observaba a Lucía con su mirada de ave.

—¿Cómo te llamas? —preguntó ella por decir algo.

Entonces él se acercó y pronunció sobre la boca de Lucía, rozándole apenas los labios:

—Llámame Calaf.

Ella permaneció paralizada, como muerta, unos instantes. Luego dijo:

—Bueno, pues si aparece la humedad, me llamas para que avise al seguro y la arregle.

—Vale —dijo él sin moverse del sitio.

Lucía llegó a su apartamento en estado de shock y fue directamente al cuarto de baño. Sentada sobre la taza del retrete, escuchó cómo la música cesaba un momento para regresar al punto que el tal Calaf le había traducido y que conservaba palabra por palabra en la memoria.

Mi misterio está encerrado en mí, nadie sabrá mi nombre, y sobre tu boca lo diré cuando resplandezca la luz.

Calaf.

También ahora se puso a llorar como una idiota. Calaf era un nombre de pájaro. Así se llamaba al menos el que le habían regalado en la infancia.

Estaba escuchando *Turandot,* de Puccini.

Lucía fue al ordenador y escribió el nombre de la ópera en el buscador. Leyó, agitada, un resumen del argumento, cuyos protagonistas se llamaban Turandot y Calaf. La obra se desarrollaba en Pekín, donde la princesa Turandot, que detestaba a los hombres, solo estaba dispuesta a casarse con el que adivinara tres enigmas que ella misma les proponía. El precio de no acertar era la muerte, de ahí que la plaza donde se celebraba la ceremonia estuviese adornada por las cabezas empaladas de quienes habían fallado. Sobre ellas volaban los pájaros, que a veces bajaban a picotearlas. En esto, aparece un príncipe desconocido, de nombre Calaf, que decide exponerse...

Calaf, su pájaro, venía de China. ¿Cómo era posible que en tantos años jamás se hubiera preguntado el porqué de aquel nombre que acababa de averiguar gracias a su vecino?

Por fortuna, ante las situaciones de desconcierto, se ponía en marcha su lado práctico. Recordó que en dos días tendría que examinarse y volvió a los planos ciegos y a los test y a la legislación sobre el taxi.

Tras el examen, que superó con éxito, transcurrieron dos semanas furiosas, en las que se extravió negociando la compra de una licencia con taxistas recién jubilados para los que ese dinero era su plan de pensiones. Había que calcular el estado del coche que solían vender con la licencia, los quilómetros recorridos, el día de descanso... Finalmente se hizo con un Toyota híbrido en muy buen estado, con doscientos mil quilómetros y al que se le podían sacar otros tantos. Para protegerlo, pues a partir de ahora sería su herramienta de trabajo, vendió su coche, de manera que el taxi pudiera ocupar la plaza del garaje anexa al apartamento.

4

Inauguró el taxi el 1 de octubre, con mucho frío, a las 8:45. Ajustaría el horario poco a poco, en base a lo que le fuera dictando la experiencia, aunque con la idea de no madrugar nunca demasiado.

A los pocos minutos de salir del garaje, la detuvo en la Avenida de América una señora de mediana edad que iba a Callao. Buena carrera, pensó Lucía, tomando el hecho como una promesa de futuro. La señora vestía un abrigo beis, largo, de grandes solapas con las que se protegía el cuello, y un sombrero de ala del mismo color, adornado con una pluma de ave. La pluma, pensó Lucía, hacía juego con la nariz de pájaro de la clienta, de las llamadas aguileñas, como la que tenía su madre y de la que ella había heredado la propia. Jugó mentalmente con la idea de que fuera una reencarnación de su progenitora, que le daba la bienvenida de este modo a su nueva actividad laboral.

—Algo va a suceder —escuchó dentro de su cabeza a la vez que percibía la sombra de una golondrina atravesando la bóveda de su cráneo.

La pasajera dio un suspiro de alivio.

—Llevaba un cuarto de hora en la esquina —dijo quitándose el sombrero y arreglándose el pelo—, pero todos los taxis bajaban ocupados.

La señora tenía ganas de hablar. En el segundo semáforo dijo que esa misma mañana le había venido la regla y en el tercero que trabajaba en una productora de teatro cuyas oficinas se encontraban en el edificio del Palacio de la Prensa, lo que provocó en Lucía un sobresalto, pues había averiguado que su vecino (exvecino ya, pues se había mudado), el hombre pájaro que escuchaba ópera por las mañanas, era actor. Para disimular su turbación, preguntó qué tal daría ella como actriz.

—En principio, bien —concedió la señora—, tiene usted un rostro luminoso.

Cuando Lucía le explicó que aquella luz provenía del choque entre carnalidad y espiritualidad, característico del cuerpo de las falsas delgadas, la pasajera la observó entre divertida e incrédula.

—¿Cómo ha dicho?

—¿No había conocido antes a una falsa delgada?

—Pues ahora que lo dice, quizá sí.

—En todo caso —añadió Lucía—, no confundamos la delgadez falsa con la obesidad oculta. La obesidad oculta es un diagnóstico clínico, mientras que la delgadez falsa es un concepto metafísico.

La pasajera se echó a reír.

—Jamás se me había ocurrido —dijo—, pero el mundo del espectáculo está lleno de delgadas falsas. Y todas tienen un atractivo del que carecen las delgadas a secas. Acaba usted de proporcionarme la clave del triunfo.

—En cambio —aclaró Lucía animada por su éxito—, no hay falsas gordas, no puede haberlas. O son o no son gordas.

Apenas había acabado de decirlo cuando se dio cuenta de que la pasajera era gorda. No una gorda excesiva, pero gorda al fin. Echó una ojeada al retrovisor para ver si se había molestado, y le pareció que no, aunque la conversación se encalló durante unos instantes, transcurridos los cuales la mujer preguntó a Lucía si le gustaba la ópera, porque llevaba puesto *Turandot* en el reproductor del coche. Lucía respondió que no, que la escuchaba porque le recordaba a alguien.

—¿A quién, si puede saberse?

—A un hombre.

La pasajera sonrió.

—¿A un hombre cualquiera?

—No, a un hombre que... me gusta —titubeó Lucía.

—No se apure por la sinceridad —dijo la pasajera—, yo utilizo mucho los taxis para desahogarme. El coche es una especie de burbuja que crea un estado de intimidad provisional entre dos desconocidos. A compañeras y a compañeros suyos les he hecho confidencias que ni a mis mejores amigas.

Lucía se animó:

—Pues ya que lo dice, nada más verla a usted he pensado que podríamos ser hermanas. Por la nariz, ¿no lo ve? La mía es la de mi madre.

—La mía no. La mía es de mi padre y más de una vez he pensado en operármela.

—¿Qué dice? Si las narices aguileñas son magníficas.

Mientras intercambiaban miradas y sonrisas a través del retrovisor, Lucía sintió un golpe de dicha al comprobar que, al contrario que en otros ámbitos laborales, en este podía hablar sin censura alguna. No obstante, reprimió todavía las ganas de referirse a su exvecino, que se había presentado como Calaf y que, según había averiguado luego, se llamaba Braulio.

—¿Sabe una cosa? —dijo en cambio.

—¿Qué cosa? —preguntó la pasajera.

—Usted es mi primera clienta.

—¿La primera del día?

—No, la primera de mi vida. Inauguro hoy el taxi. Cuando la he recogido, al verle la nariz y la pluma del sombrero, he jugado con la idea de que podría ser usted la reencarnación de mi madre. Mi madre era una mujer pájaro.

—¿Una mujer pájaro? —sonrió la pasajera.

—Sí.

—Explíqueme eso.

—Bueno, ya que me he lanzado..., aunque no sé, jamás había compartido esta historia con nadie.

—Pero ya hemos quedado en que dentro del taxi resulta normal intercambiar intimidades.

—Eso era lo que imaginaba, aunque no podía saberlo a ciencia cierta.

—Pues acertó de pleno. Jamás me habían dicho que parezco la reencarnación de alguien. Así que su madre era una mujer pájaro...

Lucía le contó entonces la historia de su décimo cumpleaños, emocionándose al relatar con todo detalle el momento en el que vio a su madre subirse la falda y bajarse las bragas y cómo enseguida había aparecido en el cielo un pájaro negro que, como un meteorito, fue a estrellarse contra su cabeza.

—¡Buf! —exclamó la pasajera cuando Lucía terminó la historia—. ¡Qué imaginación la suya! Esto me lo cuenta usted para que no me baje del taxi, claro, porque seguro que tiene más historias parecidas.

—Sucedió tal como se lo he contado —afirmó Lucía temiendo haberse excedido.

—¿Y lo de la salida de la pompa de jabón rellena de humo del pico del animal?

—Bueno —concedió—, he de admitir que eso lo pude haber imaginado, no lo sé, solo tenía diez años, pero créame que yo lo recuerdo como real.

—Los niños confunden la realidad con sus fantasías.

Lucía calló, presa de una caída súbita de su estado de ánimo. ¿Pensaría la pasajera que estaba hablando con una loca? ¿Se habría extralimitado?

La pasajera debió de percibir esta fluctuación emocional y cambió de asunto, volviendo al tono desenvuelto anterior.

—Pero había empezado a decirme que *Turandot* le recordaba a un hombre que le gustaba mucho.

—Ah, sí, pero creo que por hoy he dado suficiente espectáculo.

—Bueno, bueno, no se me venga abajo, que hoy está usted de inauguración y es un día muy especial. Me gustaría que guardase un buen recuerdo de su primera clienta. Además, después de todo, ¿quién le asegura que no soy la reencarnación de su madre?

—Ya me gustaría.

—Razón de más para que me cuente algo de ese hombre.

Lucía recuperó el estado de desinhibición anterior y le refirió el encuentro que habían tenido Calaf (Braulio) y ella en el apartamento de él con la excusa de la falsa fuga de agua.

—Me dijo que se llamaba Calaf, como el protagonista de *Turandot,* pero más tarde averigüé que se llamaba Braulio. Me rozó los labios al tiempo de pronunciar Calaf mientras sonaba «*Nessun dorma*», una de las arias más bellas de *Turandot.* Luego desapareció de mi vida.

—¿Así, sin más? —preguntó la pasajera.

—Pues casi —rememoró Lucía—. A los pocos días de ese encuentro, dejé de escuchar la música que venía del piso de abajo. Al principio lo atribuí a un efecto de fin de semana, pues era sábado. Quizá, me dije, el tal Calaf pasaba los sábados y los domingos fuera. Pero llegó el lunes, el lunes negro, lo llamo desde entonces, y todo continuaba igual. El martes bajé, llamé a su puerta y no respondió nadie. Pregunté al portero y me dijo que se llamaba Braulio Botas y que había dejado el apartamento. Me sorprendió que alguien se apellidara Botas, sobre todo llamándose ya Braulio, pero enseguida me gustó también la idea de Botas. Braulio Botas, no me cansaba de repetirlo para mis adentros.

—¿Braulio Botas, dice?

—Sí.

—¿El actor de teatro?

—Eso es lo que dice su página de Facebook, pero no debe de ser conocido porque nunca había oído hablar de él. Tampoco lo he visto jamás en la tele. Por eso, cuando usted me ha dicho que trabajaba en una productora de teatro, me ha dado un vuelco el corazón. ¿No ha notado nada?

—Pues ahora que lo dice...

—¿Y lo conoce usted?

—Personalmente no. Se mueve en circuitos alternativos y nosotros hacemos un teatro más comercial. Pero en mi productora pensamos que es muy buen actor y que podría dar el salto si encontrara un papel a su medida. Seguramente no está bien asesorado.

—Yo es que nunca había oído hablar de él.

—No le extrañe, el teatro funciona así, como un circuito cerrado, un ecosistema. Se puede ser conocido o relativamente conocido en el sector y un perfecto desconocido fuera de él, sobre todo si no sales en la tele.

—¿Y Braulio Botas es conocido?

—Bueno, no ha tenido ningún éxito importante, quizá porque tampoco ha tenido su oportunidad.

Lucía permaneció pensativa unos instantes.

—¿No le contará usted nada de esto?

—Ya digo que personalmente no lo conozco.

—Pero si lo llegara a conocer...

—No se apure, le guardaré el secreto.

—Y hablando de otra cosa: ¿por qué suena tan bien Braulio Botas? Es que no me canso de repetirlo, Braulio Botas.

—Porque las dos palabras tienen una be —le explicó la pasajera—. También porque, si se fija, la primera vocal de Braulio es una a y la última una o, mientras que la primera de Botas es una o y la última una a. Un juego especular de sonidos.

—¿Cómo sabe usted tanto? —preguntó Lucía sinceramente admirada.

—Ah, porque en el teatro miramos mucho estas cosas cuando hay que poner nombre y apellidos a los personajes. Pero dígame: si tanto le gustó Braulio Botas, ¿por qué no le devolvió el beso?

—Bueno, ahora soy taxista, pero he sido programadora —dijo Lucía— y tomo algunas decisiones en base a algoritmos creados para ellas. Podría haber respondido a su beso, desde luego, y quizá era lo que él esperaba, pero pensé que en una sucesión normal de los hechos yo, desconcertada como estaba, debía abandonar su apartamento para que él subiera al mío esa misma tarde o al día siguiente con cualquier excusa, incluso para pedirme disculpas por su atrevimiento.

—Yo no sé nada de algoritmos —dijo la pasajera—, pero su actitud, perdóneme, me parece un poco antigua.

—Lo antiguo no siempre es malo. Piense en la catedral de Burgos.

Se produjo un silencio un poco tenso que resolvió la pasajera preguntando si había alguna relación entre los algoritmos y la vida cotidiana.

—¡Claro que sí! —replicó Lucía—. Dígame un problema cotidiano de usted.

—Que siempre llego tarde al trabajo, por eso me gasto tanto en taxis.

—Bien, ese es el dato de entrada: siempre llega tarde al trabajo. Vamos a ver, ¿tiene despertador en la mesilla de noche?

—Sí.

—¿Y funciona?

—Sí.

—¿Y lo programa cada noche antes de acostarse?

—Claro.

—¿Lo programa con tiempo suficiente para hacer todo lo que tiene que hacer antes de salir de casa?

—Sí.

—¿Pero sale con tiempo?

—No, al final siempre me lío con esto o con lo otro.

—Como usted ve —señaló Lucía antes de seguir adelante—, todas estas preguntas, si tuviéramos una cuartilla y un bolígrafo, se podrían representar en una columna descendente que los programadores y analistas de sistemas llamamos diagrama de flujo.

—¿Diagrama de flujo? —repitió la pasajera echándose a reír escandalosamente.

—¿Por qué se ríe? —preguntó Lucía cuando la mujer se calmó un poco.

—Disculpe, es que me han venido a la cabeza los flujos vaginales. Diagramas de flujos vaginales.

A Lucía no le hizo gracia, o sí, no estaba segura, pero soltó otra carcajada falsa y recorrieron Serrano sin parar de reírse. No le costó fingir. Cuando las risas cesaron, la pasajera pidió que siguiera con el algoritmo.

—¿Y solo llega tarde al trabajo o a todas partes? —preguntó Lucía.

—A todas partes en realidad.

—Entonces tiene que ir al psicólogo para averiguar qué le pasa. Ahí tiene el dato de salida, la solución, diríamos.

—¿Y eso es un algoritmo? —preguntó la pasajera.

—Ni más ni menos.

La mujer se echó a reír de nuevo asegurando que lo del psicólogo ya lo sabía ella.

—Psicólogo o psicóloga —puntualizó Lucía—, hay que dar más visibilidad a las mujeres.

—Eres genial —dijo la pasajera descendiendo al tuteo cuando Lucía detuvo el coche en Callao, frente al Palacio de la Prensa—. Por cierto, me llamo Roberta. ¿Y tú?

—Yo me llamo Lucía.

—Pues dame una tarjeta, Lucía, que yo utilizo mucho el taxi. Te llamaré.

Lucía le dio una tarjeta y estuvo a punto de regalarle la carrera, pero enseguida le salió el lado práctico. Se había metido en esto para ganarse la vida, pensó. La mujer pagó con tarjeta de crédito, lo que le dio la oportunidad de estrenar también el datáfono, y según se bajaba del coche a toda prisa, porque llegaba tarde, exclamó:

—¡Suerte!

La suerte, pensó Lucía, sería ver de nuevo a Braulio Botas y lograr retenerlo siquiera unos instantes pese al abismo cultural que seguramente los separaba.

Braulio. Braulio Botas.

Aquellas dos palabras, siendo meros sonidos, formaban ya parte de sus órganos vitales, de sus vísceras, y cumplían una función como el hígado o el páncreas cumplen la suya. No podrían extirpárselas sin provocarle la muerte. En la cama, un poco antes de dormirse e inmediatamente después de despertar, evocaba con tal violencia la escena en la que se habían conocido que el ensueño adquiría las calidades de la vida real. ¡Y todo había empezado por la ópera!, un género que le producía ansiedad hasta que se filtró por la rejilla de ventilación de su cuarto de baño un aria de Maria Callas.

Desde el primer minuto en el que se puso al volante, no tuvo otra fantasía que la de recoger a Braulio Botas. Cuidaría el coche solo de cara a esa posibilidad. Lo convertiría en el taxi más limpio de Madrid, en el más agradable, en el mejor perfumado. Por supuesto, dentro de él sonaría siempre *Turandot*, para que el actor se sintiera como en casa.

Las situaciones por las que ella y Braulio, en su fantasía, se encontraban eran de lo más variadas. Si llovía, lo imaginaba al borde de la acera, con un paraguas, haciendo señas a los taxis, todos casualmente ocupados menos el suyo, que llegaba a tiempo de rescatarlo del aguacero.

Pensó lo bueno que sería que ella se llamara Turandot, como la hija del emperador de China, de modo que si él llegara a preguntar su nombre, le diría:

—Turandot, mi nombre es Turandot.

Ante la sorpresa de él, le explicaría que su padre le había puesto ese nombre porque era un enamorado de Puccini.

—En realidad —añadiría luego—, Lucía Turandot. La gente me llama Lucía, claro.

Su primera jornada de trabajo transcurrió sin otros incidentes que mereciera la pena mencionar. Hizo menos caja de la que había esperado, supuso que por falta de experiencia, ya que ignoraba las horas y los lugares de mayor afluencia de clientes. Siguió a algún colega veterano para ver cómo actuaba, pero comprobó que la mayoría prefería hacer tiempo en las paradas, ejemplo que no pensaba imitar, en parte porque le gustaba moverse y en parte porque las paradas servían para socializar, asunto que de momento no le interesaba.

Esa noche, ya en casa, sonó su móvil y resultó ser Roberta, su primera clienta. Le preguntó cómo le había ido la jornada, y añadió que le había gustado mucho conocerla y que daría su teléfono a todas sus amistades, para cuando necesitaran un taxi. Lucía, sorprendida por este éxito, fantaseó con la idea de llegar a tener tantos clientes fijos que no le fuera preciso hacer la calle.

—Hacer la calle en el sentido de ir de acá para allá buscando a los pasajeros en vez de que sean ellos los que me busquen a mí —dijo en voz alta para aclarar cualquier malentendido ante sí misma.

5

Iba siempre muy arreglada, a veces con el lado
derecho del rostro descubierto, para que el pasajero
apreciara su perfil, y un pendiente largo, de plata,
que parecía una lágrima, en la oreja de ese lado. Su
melena, de color castaño, con tonos cobrizos, se
acumulaba en el izquierdo sujeta por un gran pren-
dedor, también de plata, que hacía juego con el
pendiente. El efecto, debido a la asimetría, resultaba extraordinario.

Otras veces se recogía todo el pelo en lo alto
de la coronilla, muy estirado, formando un moño de
bailarina que dejaba su nuca desnuda. Suponía que
su nuca, en el interior angosto del taxi, podía ser
enormemente turbadora aunque no estuviera tatuada. Lo del tatuaje venía a cuento de que en el instituto tuvo una compañera que se tatuó una vagina
realista en ese rincón misterioso del cuello. Normalmente la llevaba tapada con la melena, pero a veces,
como si le diera calor, se la levantaba y los chicos de
los pupitres de detrás se volvían locos. Se trataba
de su propia vagina, copiada por el tatuador de una
fotografía que se había hecho ella misma.

A veces dudaba acerca de cuál de los dos peina-
dos seduciría más a Braulio Botas, de ahí que los

alternara, encomendando al azar la posibilidad de que la descubriera con uno u otro el día en que se subiera en su taxi. Porque estaba escrito que se subiría.

En cuanto a los ojos, dado que el argumento de Turandot se desarrollaba en Pekín y que la protagonista era una princesa china, empezó a maquillarse de manera que parecieran un poco rasgados. Las mejillas, tratadas con una mezcla de polvo de arroz y avena que elaboraba ella misma gracias a un tutorial que había visto en internet, le daban una palidez característica de algunos personajes del teatro chino.

Recorría Madrid diciéndose continuamente algo va a suceder, algo va a suceder. Lo que iba a suceder era que él aparecería en una esquina de una calle cualquiera con la mano levantada. Se había asociado a una emisora solo por la posibilidad de que un día reclamaran un servicio a nombre de Braulio Botas, en la plaza Tal número Tal (se le había metido en la cabeza que vivía en una plaza). Y ella sería la más cercana a esa dirección e iría a buscarlo y llamaría al portero automático y diría:

—¿Braulio Botas?

—Sí —responderían a través del telefonillo.

—Tiene su taxi abajo —añadiría ella.

Y se introduciría en el coche, y lo prepararía todo de forma que cuando él entrara comenzara a escucharse el aria «Nessun dorma», de Turandot, la misma que sonaba cuando Lucía, en el apartamento de él, le había preguntado su nombre y él se lo había susurrado rozándole los labios.

Calaf.

En ocasiones, por puro agotamiento emocional, apagaba el reproductor, pero recitaba en voz alta la letra del aria, que había encontrado, traducida, en la red:

Que nadie duerma, que nadie duerma.
Tú también, princesa,
en tu fría estancia
miras las estrellas que tiemblan
de amor y de esperanza.
Mas mi misterio
está encerrado en mí.
Mi nombre nadie sabrá.
No, no, sobre tu boca lo diré
cuando resplandezca la luz
y mi beso deshará
el silencio que te hace mía.
Disípate, oh, noche.
Estrellas, ocultaos.
Al alba venceré.
¡Venceré!
¡Venceré!

Podía recitarlo indistintamente en italiano o español, como podía llevar el pelo recogido de un modo u otro según su estado de ánimo.

Y su estado de ánimo era bueno, pues aunque no ocurriera nada pese al «algo va a suceder» que sonaba dentro de ella, tenía la seguridad de que no era más que una cuestión de tiempo. La sensación se agudizaba durante los días de lluvia de aquel frío otoño, cuando los edificios, observados a través de la lámina de agua depositada en el parabrisas, se deformaban como si estuvieran hechos de una materia plástica, otorgando a la realidad calidades oníricas. Solo activaba el limpia cuando la visión, de tan borrosa, le impedía conducir con seguridad. Imaginaba a Braulio Botas en cada esquina, dentro de una gabardina que le venía un poco grande, como a todos los delgados, y un paraguas en la mano izquierda, pues reservaba la derecha para detener al primer taxi que pasara. Y que sería el de ella.

Pero tampoco era cierto que nunca sucediera nada. Un día, después de comer en un bar de Atocha, y aunque no le gustaba estarse quieta, se detuvo en la parada del Palace y recogió a un huésped del hotel que salía con una bolsa de viaje. Iba muy bien vestido, con un abrigo de excelente corte bajo el que se presentía un traje caro. Tenía un rostro agradable, además de un perfil de pájaro que le recordó al de Braulio Botas. Apenas se había subido el pasajero al coche cuando escuchó en su cabeza la voz de su madre.

Algo va a suceder.

—A la T-4, por favor, al Puente Aéreo —dijo el hombre tras cerrar la puerta.

—Buenas tardes —replicó ella en un tono que, sin resultar grosero, señalaba que él no se las había dado.

—Perdone, buenas tardes —rectificó el pasajero con una tristeza infinita.

Lucía arrancó sin decir nada y subió un poco el volumen del reproductor.

—*Turandot* —señaló enseguida el pasajero.

—*Turandot*, sí —confirmó Lucía.

—¿Sabe usted que Puccini se murió sin acabarla?

—Lo sé, lo he leído.

—¿Y sabe que era, sin embargo, la obra de su vida, que todo lo que había hecho antes le parecía despreciable en comparación con esta ópera?

—También lo he leído —dijo ella.

Sin venir a qué, el pasajero ocultó el rostro entre las manos y comenzó a sollozar. Lucía continuó conduciendo sin decir nada, pero bajó el volumen del aparato. Por respeto.

—Perdone —balbuceó el hombre cuando logró serenarse.

—No pasa nada —dijo ella—, también yo a veces me emociono con algunos pasajes de esta ópera.

—No es eso, es que vuelvo a casa con muy malas noticias.

—Desahóguese si le hace bien, lo más probable es que no volvamos a vernos.

Entonces el pasajero le contó que vivía en Barcelona, aunque viajaba con frecuencia a Madrid por razones de trabajo.

—La semana pasada —añadió—, aprovechando uno de estos viajes, fui al médico porque no me sentía bien desde hacía algún tiempo. Preferí hacerlo en Madrid para no preocupar a mi familia, pues tenía la intuición de que se trataba de algo malo. Hace un rato me han dado los resultados y tengo un tumor.

—¿Maligno? —dijo Lucía por puro automatismo.

—Maligno, sí.

Dicho esto, el hombre rompió a llorar con más fuerza que antes. Lucía no sabía si preguntarle dónde tenía el tumor ni si le habían dado un tiempo equis de vida. No sabía cómo actuar, así que calló. A todo esto, iban ya por la Puerta de Alcalá. Normalmente, habría continuado por O'Donnell para coger la M-30, pero de ese modo habrían pasado muy cerca del tanatorio y no le pareció apropiado en esos instantes. Prefirió tomar Velázquez.

—*Turandot* —dijo el pasajero—, una obra inacabada. Me ha hecho pensar en una vida inacabada.

Su sensibilidad dejó sin palabras a Lucía. Finalmente dijo que no había vidas inacabadas.

—Mi madre —añadió— murió joven, cuando yo tenía diez años. Hay vidas más largas o más cortas, pero inacabadas...

El llanto del pasajero alcanzó entonces tal intensidad que tuvo que pasarle un paquete de pañuelos de papel, pues él había agotado los suyos.

Lucía miró el reloj. Eran las cinco y media de la tarde y apenas había hecho noventa euros desde las ocho de la mañana. Pero a la altura de Colón dio la vuelta para regresar al hotel.

—¿Qué hace? —preguntó el pasajero.

—Volvemos al hotel —dijo ella con decisión—, no puede usted llegar a casa en ese estado.

El hombre la observó a través del retrovisor y a Lucía le dio la impresión de que la veía por primera vez. Siguió la trayectoria de su mirada y advirtió que se deslizaba desde la parte visible de su rostro al cuello y desde el cuello hasta la nuca (ese día llevaba el pelo recogido en la coronilla). Sus sentidos, como los sismógrafos que en los museos registran los temblores profundos de la Tierra, la advirtieron de que algo se movía en las profundidades del espíritu del pasajero, y quizá también en las honduras de su carne. Dudó y tuvo miedo, pero se dejó llevar en silencio por aquella situación inesperada. Al detener el coche enfrente del hotel, junto al paso de cebra, le dio al cliente una tarjeta.

—Ponme un mensaje con el número de habitación —le tuteó— y aguárdame, que aparco y subo.

—¿Y si ya no hay habitaciones libres? —preguntó el hombre.

—Me esperas en la puerta. Iremos a otro sitio, no te apures.

El pasajero se bajó con su bolsa de viaje y cruzó la calle, delante de ella, sin atreverse a mirarla. Lu-

55

cía lo observó atentamente y decidió que se trataba de un hombre distinguido, con la distinción que proporcionaba la cultura. Al mencionar internamente el término cultura, le vino a la cabeza la imagen de un flamenco, luego de una cigüeña. Después, la de un profesor de Historia.

Había tenido en el instituto un profesor de Historia al que le estaba grande el traje, aunque se movía dentro de él con la flexibilidad y la ligereza de un pensamiento feliz entre las paredes del cráneo. Tenía también algo de hombre pájaro, como Braulio y como el pasajero canceroso. A Lucía le cautivaba su manera de ir de un lado al otro de la tarima, igual que las gaviotas a última hora de la tarde, en la playa, cuando se retiraban los veraneantes.

Detuvo el taxímetro, se metió con el coche en el parking del Congreso y tuvo que bajar hasta la cuarta planta, que quedaba, pensó, cerca del infierno, porque estaba todo lleno, a rebosar, menudo negocio, el parking. Iba atenta al móvil, claro, que no sonaba, aunque dedujo que en aquellas profundidades no habría cobertura. Cabía, sin embargo, la posibilidad de que el pasajero se hubiera asustado y hubiera cogido en la puerta del hotel otro taxi para irse directamente al aeropuerto.

Bueno, era su decisión, también ella estaba un poco asustada, no mucho, porque veía dentro de su cabeza un flamenco hermosísimo, todo blanco de no ser por el borde de sus alas, anaranjado, como el de una esquela alegre, y por una mancha, también de ese color, en la misma zona de la coronilla donde en la de ella se elevaba el moño de bailarina.

Lo curioso es que no veía al flamenco en el agua, sino en la tarima que su profesor de Historia recorría de un lado a otro con los movimientos inseguros de las aves elegantes. En todo caso, se trataba de una visión que le proporcionaba una extraña paz de espíritu. Estaba actuando como debía, con sensibilidad ecológica frente a un congénere enfermo.

Regresó a la superficie por las escaleras, pues el ascensor del parking tardaba mucho en llegar, y cogió un paquete de condones de una máquina expendedora que descubrió en el primer piso. A los quince segundos de pisar la calle sonó en su móvil la entrada de un mensaje.

Habitación 101.

Uno, cero, uno. Como si el mundo del canceroso perteneciera al sistema binario, en el que ella era experta. Qué suerte. Todo en orden.

6

Llevaba ese día un chaleco muy caro, de ante, que abrigaba sin asfixiar. Un capricho que se había dado para inaugurar el taxi. Debajo del chaleco, de color canela, se había puesto un jersey negro, de cachemir, muy fino, que se ceñía a sus pechos y a su cintura y cuyo tejido se relacionaba con el del sujetador como si las dos prendas sostuvieran una conversación que mantenía despiertos a los pezones. Completaba el atuendo con unos pantalones vaqueros de tela ligera y elástica cuyas perneras se ajustaban, sin oprimirlos, a sus muslos magníficos de falsa delgada.

Siempre se vestía contando con la posibilidad de que ese día se encontrara con Braulio, Braulio Botas, por lo que también llevaba un conjunto de ropa interior bastante especial, de color calabaza, transparente y sutil como una membrana. Para conducir utilizaba unas deportivas muy alegres, con dibujos un poco infantiles, que proporcionaban a sus pies, más bien pequeños, un aspecto travieso. Pero llevaba en el maletero unos zapatos de medio tacón, a juego con los tonos del chaleco de ante, que resultaban cómodos sin dejar de ser distinguidos y que cambió en el parking por las deportivas.

Se abrigó el cuello con un pañuelo de seda que guardaba en la guantera, de donde tomó también un pequeño bolso en el que llevaba, además de dos pequeños difusores de perfume (uno de ellos para las partes íntimas), lo necesario para retocarse de vez en cuando el rostro.

Le gustaba el Palace, había estado en él cuatro o cinco veces, en reuniones relacionadas con su anterior trabajo, aunque solo conocía un par de salones y la cúpula del fondo, que desde su punto de vista era el colmo de la distinción. Viviría sin ningún problema bajo aquella bóveda fabulosa que evocaba las formas de una pajarera enorme, durmiendo en cualquiera de los sofás que amueblaban la sala, despertándose y desperezándose en ellos, desayunando y comiendo y cenando eternamente en aquella atmósfera como el que desayuna, come y cena y duerme y se despierta en el útero de su madre.

Su madre.

Como sabía dónde se encontraba el cuarto de baño, se dirigió primero allí para orinar, limpiarse bien sus partes (llevaba toallitas húmedas, sin alcohol) y arreglarse un poco la cara. Al mirarse en el espejo se encontró guapa, mucho, muy guapa, y muy delgada, y tenía en los labios una expresión que componían ellos mismos a veces, por su cuenta (cuando presentía que algo iba a suceder), una expresión entre la calma y la ansiedad. Unos labios que pedían mucho al tiempo de ofrecerse sin medida.

Cuando salió del baño, se sentía tan dueña de la situación que se asomó a la cúpula antes de dirigirse a los ascensores para subir a la habitación 101. También allí se respiraba un clima que transmitía calma y ansiedad a la vez. Había huéspedes del hotel, identificables por su atuendo, más informal que el de la gente de negocios que se reunía allí para cerrar acuerdos o para iniciar conversaciones. Todo el mundo charlaba de forma distendida mientras se llevaban intermitentemente a los labios la taza de café o té, o la copa con el combinado de media tarde.

No llegó a decirse que algo estaba a punto de suceder porque ya estaba sucediendo. Lo que no había podido imaginar era que dentro de lo que pasaba pudiera ocurrir otra cosa. Y lo que ocurrió fue que entre aquellas personas acomodadas en las sillas de estilo y en los elegantes sofás, bajo las vidrieras del lujoso hotel, se manifestó de súbito Braulio Botas, su actor. Lucía no habría podido decir si se le detuvo el corazón antes de descubrirlo, porque ya lo había intuido, o después. Sabía que había habido dos movimientos, uno de adivinación y otro de percepción consciente, aunque ignoraba si se dieron uno después del otro o a la vez.

Su corazón se detuvo unos instantes, pues, y enseguida volvió a reiniciarse, como esos colapsos inexplicables que sufrían a veces los ordenadores y que los expertos tachaban de fallos aleatorios. Cabría asegurar que Lucía murió durante unas décimas de segundo y que, al volver a la vida, Braulio Botas continuaba allí, charlando con un hombre, quizá otro actor, que le sonreía mientras movía unos papeles. Braulio llevaba una chaqueta azul marino o negra, muy oscura en todo caso, y una camisa blanca con el cuello un poco alto, sin corbata. Una combinación clásica y elegante, se dijo Lucía. No pudo verle los pantalones ni los zapatos, ocultos por el mobiliario.

¿Qué hacer? Tenía arriba, en la 101, esperándola, al canceroso, pero allí mismo, a tan solo unos metros, a Braulio Botas en todo su esplendor. Al advertir que la chaqueta del traje le quedaba ligeramente holgada, sintió por él una ternura infinita que se tradujo en un movimiento de lubricación vaginal extraordinario. Notó que sus jugos atravesaban el tejido del tanga y empapaban la tela elástica del vaquero. Con gusto, habría dado los pasos que la separaban de él, lo habría arrastrado hasta la 101, habría arrojado al canceroso por la ventana y se habría comido al actor.

Pensó en comérselo literalmente. Lo habría tumbado desnudo en la cama y habría empezado por la polla, que imaginaba erecta. ¿Por qué la polla? Para eliminar la euforia genital, de modo que el resto del festín estuviera presidido por el sosiego, por la calma, por la conciencia de lo que hacían. De hecho, después de comerle la polla, se colocaría a horcajadas sobre su rostro para ofrecerle una visión completa de su vulva, perfectamente rasurada, aunque todavía sin tatuar, pues tenía el proyecto de grabarse en el monte de Venus

Nessun
dorma

así, con una palabra debajo de la otra, para sorprender a Braulio el día en el que se metieran en la cama. Fatalmente, lo había ido retrasando por unas cosas o por otras.

Después de comerle la polla, pensó volviendo al relato principal tras el excurso del tatuaje, se colocaría, en efecto, a horcajadas sobre su rostro, elevado por los almohadones que previamente le habría colocado debajo de la nuca, para que él, con las maneras de un gastrónomo, degustara primero sus labios vaginales externos, y los de dentro después, paladeándolos, mezclando sus sabores, hasta alcanzar el clítoris, henchido por la excitación, que ella misma separaría del cuerpo con los dedos índice y pulgar, como el que desprende la parte más sabrosa de un fruto, para obsequiárselo a su amante.

—Toma —le diría, ofreciéndole con los dedos los jugos de sus entrañas, que, de tan abundantes, se le escapaban por la comisura de los labios.

Desprovistos ambos de aquellos genitales exquisitos y ansiosos, ya tendrían el alma preparada para acometer el resto de sus anatomías con la serenidad de las personas instruidas. Entonces ella le daría a morder su lengua (de todos modos se había quedado sin palabras) y él, la suya. Ella le ofrecería sus pezones y él, los suyos. Ella, la carne pegada al hueso de sus clavículas, la más sabrosa, y él, la suya. Luego se arrancarían las tiras saladas (por el sudor) de la espalda hasta alcanzar las costillas, que, al no poder lamer, puesto que ya habían devorado las lenguas, besarían con ternura como preludio a la ingestión misma de los labios.

La ternura venía a cuento de que acababa de adivinar que a Braulio Botas no le había cuidado nunca nadie. Lo leía en su rostro, en su actitud corporal, en cada uno de sus gestos. Ese hombre había estado siempre solo, quizá su madre había muerto en el momento de nacer él, o cuando era pequeño, como le había ocurrido a ella. En todo caso, era un huérfano real o sobrevenido, lo mismo daba. Pero ella lo cuidaría de ese modo, comiéndoselo al tiempo de dejarse comer por él, hasta que de tanto comerse mutuamente, y si fuera cierto, como afirman los expertos en nutrición, que somos lo que comemos, ella se hubiera convertido en él y él, en ella. Entonces, tras un breve descanso, comenzarían a comerse de nuevo.

El delirio caníbal que ocupó su cabeza durante unos instantes mientras contemplaba, hipnotizada, al actor, pudo deberse a la influencia de un documental sobre la conquista de México que había visto hacía un par de noches en la tele. Se contaba en él que lo que más sorprendió a los españoles en su encuentro con los indígenas fue el hecho de que

64

estos practicaran el canibalismo y la sodomía. Por alguna razón, estas dos palabras, canibalismo y sodomía, aparecían siempre asociadas, la una detrás de la otra, a lo largo del documental, de modo que al venirle a la memoria, mientras observaba a Braulio Botas sin ser vista por él, imaginó que se introducía ahora por el culo la polla que segundos antes se acababa de comer y la lubricación se convirtió en un desbordamiento que buscaba un cauce entre las angosturas de sus ingles.

Mezclada con la confusión emocional, no dejaba de sonar en su cabeza el aria de *Turandot*, como si tuviera dentro de ella un aparato reproductor a todo volumen.

Nessun dorma!
Nessun dorma!
Tu pure, oh principessa,
nella tua freda stanza
guardi le stelle che tremano
d'amore e di speranza!

Por su imaginación, en cuestión de segundos, quizá de décimas de segundo, pasaron diversas formas de abordar al actor, pero todas le parecieron indiscretas, cuando no ridículas, de modo que las fue rechazando sucesivamente, pues no había perdido del todo el juicio. Sin embargo, continuaba clavada allí, esperando un milagro. Entonces, Braulio, Braulio, Braulio Botas, se inclinó sobre la mesa, tomó su combinado (un gin-tonic, quizá una tónica con vodka) y, antes de llevárselo a los labios, miró en derredor, como si unas antenas invisibles le hubieran advertido de la presencia de Lucía. Los ojos de ambos se encontraron durante una eternidad fugaz y enseguida aquel rostro de pájaro se volvió de nuevo hacia su interlocutor sin dar muestras de haberla reconocido.

Como ya no era prudente continuar allí, se dio la vuelta presa de una excitación furiosa para dirigirse a los ascensores. Entró en uno del que salían un hombre maduro y una joven con un chaleco de piel vuelta parecido al de ella. Cuando los dos se encontraban fuera, la joven volvió la cabeza y miró a Lucía de forma significativa.

—¿Por quién me has tomado, zorra? —le espetó Lucía al tiempo de escupirle en la cara.

El hombre maduro y la joven, paralizados por la sorpresa, fueron incapaces de dar respuesta alguna antes de que se cerraran las puertas y el ascensor se pusiera en marcha. Entonces Lucía se miró en el espejo y como tenía que decirse algo, pero no sabía qué, se dijo lo que solía cuando se encontraba a sí misma en un espejo:

—Esa gorda soy yo.

En esta ocasión, con agresividad.

66

7

Cuando llamó a la puerta de la 101, el canceroso estaba hablando por teléfono y tardó unos instantes en abrir. Pidió perdón a Lucía y dijo que había llamado a su mujer para anunciarle que tendría que quedarse un día más en Madrid. La información, pensó Lucía, era en realidad una pregunta: ¿pasarían la noche juntos?

En vez de responderle, ella le preguntó a su vez si su mujer no había sospechado nada.

—Estas cosas son normales en mi trabajo —dijo él.

Lucía lo empujó entonces hacia la cama, donde cayó de espaldas y donde comenzó a desnudarlo como a un bebé, pues le ordenó que se dejara hacer con la pasividad de un niño. Estaba asustado y excitado al 50 %, condición que, según la experiencia de Lucía, impelía tanto a hombres como a mujeres a una suerte de imperturbabilidad nerviosa. Reprimiendo su furia externamente, aunque alentándola de forma íntima, fue quitándole la ropa con una lentitud calculada, incluso la doblaba para colocarla sobre el respaldo de una butaca en vez de arrojarla al suelo, tal como se resuelven en el cine este tipo de encuentros.

—Déjate hacer, pequeño —le susurraba cada vez que él, más por educación que por ganas, intentaba tomar la iniciativa.

Y el hombre regresaba a la pasividad anterior sin dejar de observar el rostro de Lucía, achinado por el maquillaje al modo de una intérprete de *Turandot* que había visto en YouTube. Cuando estuvo desnudo, le ordenó que se incorporara un poco para abrir la cama, pues no le parecía bien hacerlo sobre la colcha. Lo invitó luego a introducirse entre las sábanas, aunque dejó su cuerpo, con la enorme erección de la que estaba siendo víctima, quizá más que beneficiario, destapado. Tenía un cuerpo delgado cuyo costillar evocaba el de un gorrión sin plumas, un cuerpo que imaginó parecido al de Braulio, un cuerpo de profesor de Historia, quizá de actor de circuitos alternativos. Lucía lo miró a los ojos e imaginó que se encontraba en realidad con Braulio Botas, el Braulio Botas vulnerable que había descubierto debajo de aquella chaqueta que le venía grande.

—Ahora, pequeño, fíjate bien en lo que te va a hacer mamá pájaro —le dijo con ternura.

Y mamá pájaro se quitó el chaleco de ante, que dobló sobre la butaca. Y se desprendió, como de una piel negra, del suéter de cachemir, que colocó cuidadosamente sobre el chaleco, y se quedó descalza con un par de movimientos de los pies, y se bajó los pantalones hasta quedarse en tanga y sujetador. Y el canceroso se llevó entonces la mano derecha a los genitales, quizá para apuntalar la erección, pero mamá pájaro negó con la cabeza.

—¿No te han enseñado —le dijo— que está feo tocarse esas partes?

El canceroso retiró la mano y vio cómo ella se daba la vuelta para regalarle ese momento de desabrocharse el sujetador que tanto gusta a los hombres, porque obliga a las mujeres a adoptar con los brazos y los hombros una postura un poco humillante, un gesto que parece de sumisión y que en cierto modo lo es. Quién inventaría esa prenda.

Cuando mamá pájaro se quedó desnuda, sintió que esas extremidades atrofiadas, llamadas omoplatos, se prolongaban en dos alas invisibles cuyos ligeros movimientos bastaban para que, más que andar, se deslizara de un extremo a otro de la habitación bajo la mirada anhelante del canceroso. La excusa fue la de correr un poco las cortinas, pero su verdadero objetivo era que el bebé observara en todo su esplendor un auténtico cuerpo de mujer pájaro y de falsa delgada, variedad que no abundaba, al menos en los niveles de calidad del de Lucía, y que se caracterizaba, aparte de por las alas invisibles, por unos pechos pequeños, aunque incuestionables, rematados por pezones agresivos, un punto obscenos, y unas nalgas que, siendo grandes, parecían sin embargo insuficientes, igual que los muslos, donde si uno sabía mirar, se manifestaba el secreto de la falsa delgada.

Con el tanga en la mano, completamente empapado, se inclinó sobre el canceroso y se lo dio a oler.

—¿Entonces nunca has engañado a tu mujer con una mamá pájaro? —le susurró colocando sus labios muy cerca de los del hombre.

—Nunca —gimió él.

—¿Con ninguna mamá pájaro en ninguno de tus viajes? —insistió.

—En ninguno —volvió a gemir sacando la lengua para lamer el tanga.

Lucía sintió una corriente de frío en su espalda desnuda, justo entre las alas invisibles, y toda su excitación anterior se vino abajo. ¿De dónde venía aquella corriente? De un lugar distinto al que se encontraban. La había sentido en otras ocasiones, cuando su madre le soplaba, desde donde quisiera que se hallara, con su aliento frío, de muerta, para advertirle de un peligro. Después de todo, ¿quién era aquel hombre cuya polla, olvidándose de los preservativos, había estado a punto de introducir en su coño?

Los preservativos.

Se los había dejado en algún bolsillo, no recordaba en cuál, y no era el momento de ponerse a buscarlos.

Se acostó al lado del canceroso y le preguntó si era bueno.

—¿Eres bueno?

—¿En la cama?

—En la cama no. En la vida.

El hombre dudó unos instantes.

—No sé —dijo—, creo que soy un buen padre y un buen marido. Me preocupo mucho por los míos. Pero no sé si eso me hace bueno. Tú, en cambio, pareces un ángel, Lucía.

Le produjo extrañeza que la llamara por su nombre, pero recordó enseguida que le había dado una tarjeta.

Lucía acomodó la cabeza del canceroso en su hombro, con ese gesto de protección que suelen llevar a cabo los hombres con las mujeres, y lo atrajo hacia sí con su brazo derecho, mientras llevaba la mano izquierda a los testículos, que estaban duros como piedras. Comenzó a acariciar la zona mientras él gemía de placer apretándose contra el cuerpo de ella, y cuando Lucía advirtió que no podía más, le cogió la polla y lo dejó vacío en un par de sacudidas. Vacío del todo, incluso de sí mismo y del miedo al cáncer.

—¿Y tú? —preguntó él.

—A mí —dijo ella— me ha gustado hacértelo, no necesito más. Hoy es tu día. Relájate.

—Eres un milagro —murmuró.

—Los milagros existen.

Al poco, liberado de las tensiones anteriores, el hombre se quedó dormido sobre el hombro de ella. Había comenzado a anochecer. Procurando no hacer ningún gesto brusco, Lucía subió la sábana y la manta para cubrir sus cuerpos. Tenía las manos barnizadas de semen, ya frío, de modo que obligó al hombre a ponerse de costado y se abrazó a su cuerpo delgado colocando esa mano fría entre sus ingles. Luego cerró los ojos, pensó un poco en su vida y, sin llegar a dormirse, fue cayendo en el ensueño de que se encontraba abrazada a Braulio Botas, contra el que comenzó a frotarse hasta alcanzar un orgasmo de baja intensidad, pero en el que implicó a todo su cuerpo.

8

Pasó la noche con el canceroso, desayunaron juntos y luego lo llevó al aeropuerto. Todo, prácticamente, sin abrir la boca. Lucía le prohibió hablar para que no tuviera miedo de ella. Sabía que los hombres casados no concebían una aventura por la que no tuvieran que pagar precio alguno. Disfrutaban del momento, claro, pero luego se ponían paranoicos. ¿Me chantajeará, llamará a mi mujer, se habrá quedado embarazada, se enterarán mis suegros? Había demasiadas películas en las que los hombres destrozaban su vida por un momento de descontrol.

—No pasa nada —le dijo cuando en el desayuno él intentaba explicarse—, no sé quién eres ni cómo te llamas, no te he visto nunca, esto no ha sucedido.

—Pero...

—No hables, no quiero saber nada de ti. Y tú no debes saber nada de mí. Devuélveme la tarjeta que te di ayer.

—No sé qué hice con ella.

—Pues la rompes cuando la encuentres.

Lucía sabía que su número se había quedado grabado en el móvil de él, y el de él, en el suyo, pero solo trataba de aliviar el sentimiento de culpa con el que posiblemente se había despertado el hombre.

De camino al aeropuerto, puso el *«Nessun dorma»* y cuando Pavarotti estaba a punto de terminar el aria, se volvió hacia él y cantó siguiendo al tenor: *«All'alba vincerò! Vincerò, vincerò!»*.

—Ahora los tres —dijo luego rebobinando.

El canceroso, Pavarotti y ella entonaron los últimos versos del poema y Lucía comprendió, al observar el rostro del pasajero por el espejo retrovisor, que en ese momento estaba convencido de que vencería a la enfermedad.

Cuando detuvo el taxi delante de la puerta del Puente Aéreo de la T-4, el hombre aún preguntó si podía hacer algo por ella.

—No me debes nada —respondió Lucía.

Entonces él cayó en la mezquindad de intentar pagarle la carrera. Lucía, que ni siquiera había bajado la bandera, sonrió con tristeza.

—No tengas tan poca vergüenza —dijo—, anda, vete.

Y él se bajó del taxi con su equipaje de mano y avanzó hacia el edificio como un niño al que su madre acabara de dejar a las puertas del colegio. Cuando desapareció de su vista, Lucía sacó el móvil, buscó el mensaje que le había puesto con el número de la habitación (la 101) e incluyó el teléfono entre sus contactos. Como ignoraba su nombre puso: Canceroso.

Volvió a casa para cambiarse de ropa y arreglarse un poco. En el cuarto de baño, mientras se maquillaba, recordó los días en los que se filtraba *Turandot* por la rejilla de ventilación. Ahora no se escuchaba nada. Nada. Como si el edificio estuviera vacío. Muerto. Por su gusto, se habría quedado en casa, mecida por aquel silencio, en esa especie de nada, en ese paréntesis incrustado en medio de la realidad. Pero el día anterior apenas había trabajado y en el taxi, para obtener una media decente a fin de mes, había que ser disciplinada y constante.

Al poco de meterse de nuevo en el coche, cogió en María de Molina a un ciego al que había ayudado a detener el taxi una señora mayor. Una vez acomodado, y tras informar a Lucía de la dirección a la que iba, comenzó a enumerar las dificultades cotidianas a las que se enfrentaba un ciego en una ciudad como Madrid. Era guapo, de unos cincuenta o cincuenta y cinco años, y había perdido la vista a los siete, por lo que guardaba alguna memoria de los colores y las formas de las cosas. Lucía le preguntó en qué se fijaría si tuviera la oportunidad de recuperar durante unos instantes la vista.

—¿Cuánto tiempo es unos instantes? —preguntó él.

—No sé, el tiempo que tardamos en llegar a destino.

—Pues me fijaría en lo que lleva la gente en las manos —respondió el ciego con nostalgia.

—Por eso no se preocupe, yo se lo digo.

Estaban detenidos frente a un semáforo y en ese momento pasó una chica comiéndose un plátano. Lucía se lo dijo y el ciego se echó a reír.

—¿Un plátano? —repitió.

—Un plátano, sí.

—¿Y dice que se lo está comiendo?

—Claro.

Y el ciego volvió a reír.

Lucía hizo todo el trayecto enumerándole los objetos que llevaba la gente. A veces se los inventaba, para hacerle más atractivo el mundo. Se inventó, entre otros, una pecera con un pez rojo, un perchero de los de árbol y un bidé. Sospechó que el ciego, al final, se dio cuenta de que lo engañaba, pero, de ser así, no se lo reprochó. Al contrario, dijo que era una mujer magnífica. Lucía le ayudó a bajarse del coche y le dio una tarjeta, para que la llamara cuando volviera a necesitar un taxi. Había repartido ya decenas de tarjetas entre los clientes que le caían bien, pero supuso que la gente las aceptaba por cortesía y las olvidaba luego en los bolsillos, donde entraban en una suerte de letargo del que con frecuencia no volvían a salir.

No era el caso de Roberta, que la llamaba de vez en cuando para que la llevara a su oficina, en Callao, o para algún servicio relacionado con la producción teatral. Roberta le tiraba de la lengua, la obligaba a hablar de su infancia, de su madre, de la vida, del Pekín de *Turandot*, de los pájaros y de la evolución de sus sentimientos hacia Braulio Botas. El talento de ave de Lucía le advertía en ocasiones sobre la rareza de aquella relación, pero podía más su lado gratificante, de modo que empezó a inventar para ella sucesos que solo habían ocurrido en su imaginación.

¿En su imaginación?, se preguntaba Lucía, que vivía lo que contaba, y se contaba, con una pasión capaz de borrar las fronteras entre lo real y lo imaginario.

—Mi madre —le dijo un día— murió delante de mí, un año después del suceso del jardín en el que un pájaro negro se estrelló contra su cabeza. ¿Lo recuerdas?

—¡Claro! —exclamó Roberta, para añadir con un tono que a Lucía le pareció irónico—: Cuando el espíritu del pájaro salió de su pico en forma de pompa de jabón rellena de humo y se coló en el cuerpo de tu madre.

—Bueno, yo nunca dije que fuera el espíritu del pájaro.

—¿Qué otra cosa podría ser?

—Eso habría que preguntárselo a una teóloga —se le ocurrió responder a Lucía.

Roberta rio por la respuesta y, como estaban llegando a destino, la apremió para que le describiera la muerte de su madre.

—Era verano y no había colegio. Había hecho mucho calor durante el día, pero al atardecer refrescó un poco y papá me dijo que fuera a hacer compañía a mi madre.

—¿Tu madre ya no se movía de la cama?

—No, la tenían sedada de forma permanente. Eso lo averigüé o lo supuse más tarde, con el paso del tiempo, atando cabos.

—¿Y por qué la tenían sedada?

—Yo creo que mi padre se dio cuenta de que era una mujer pájaro y tenía miedo de que volara.

Roberta se rio.

—Sigue —dijo.

—Pues estaba yo en la cabecera de su cama, observando su nariz de mujer pájaro, que se le había afilado con la enfermedad, cuando se incorporó levemente y exclamó: «¡Algo va a suceder!». Entonces, una golondrina entró en la habitación por la ventana, la recorrió a gran velocidad y salió con la misma limpieza con la que había entrado. Mi madre la siguió con la vista y cuando el pájaro desapareció dejó caer la cabeza a un lado y murió con una sonrisa en los labios.

—¿Lo de la golondrina no es un invento? —preguntó Roberta.

—Claro que no.

¿Lo fue?, se preguntó Lucía.

Esa noche, ya en la cama, jugando una vez más con la fantasía de que Roberta fuera una reencarnación de su madre, volvió a hacer cálculos de la edad en la que se quedó huérfana para comprobar una vez más que coincidía con la que tenía ella ahora. Roberta había aparecido en su existencia, pues, en el tránsito de una forma de vida a otra. ¿Para qué? Quizá para revelarle que también ella, como su madre, era una mujer pájaro, condición de la que debería responsabilizarse. Se encogió en la cama y sonrió de gusto al imaginar que tenía una misión. Luego, excitada por la idea de que Roberta la estaba tanteando para comprobar si era merecedora de esa revelación y de tal responsabilidad, salió de la cama, se acercó a la mesa del ordenador y tecleó en el buscador: mujeres pájaro.

Aparecieron casi un millón de resultados relacionados con las artes más variadas (música, pintura, danza...). Pero le llamó la atención enseguida un artículo de la Wikipedia sobre una pobre mujer llamada Koo Koo, conocida como la mujer ave, que nació en 1860. Era de «corta estatura, cabeza pequeña, cara y nariz estrechas, quijada retraída y un ligero retraso mental». La habían explotado como un fenómeno de circo hasta que desapareció sin que se tuviera constancia de su muerte, como si un día hubiera emprendido el vuelo para no volver. Buscó fotos de Koo Koo, que le recordaron la fragilidad extrema de su madre cuando regresó de donde quisiera que hubiera estado internada para morir en casa. Se dio cuenta ahora de que nunca se había preguntado, ni había preguntado, en qué consistió aquel internamiento durante el cual, y tal como volvió, resultaba evidente que le habían cortado las alas.

Regresó a la cama y se durmió con la idea feliz de que quizá pertenecía a un mundo que había comenzado los primeros contactos con ella.

Un día, poco antes de comer, tras dejar a un cliente en Tirso de Molina, y al tratar de abandonar la zona, que estaba muy congestionada, se metió por una callejuela peatonal, aunque apta para el transporte público, en la que descubrió un establecimiento de tatuajes cuyo escaparate estaba lleno de reclamos que le llamaron la atención por sus coloridos y sus formas. Dejó el coche en un parking público cercano y entró para informarse.

El establecimiento parecía una clínica, lo que en principio le dio seguridad. La atendió una chica con bata blanca que había detrás de un mostrador y cuyo cuerpo parecía un muestrario de piercings y tatuajes. Le salía de entre los pechos una serpiente multicolor que se prolongaba hasta la barbilla, donde estaba a punto de alcanzar, con su lengua bífida, una bolita de acero o plata que lucía en medio del labio inferior. Llevaba también un aro en la nariz y otro en la ceja, además de unos caracteres japoneses o chinos estampados en el lado derecho del cuello. El pelo, muy corto, alternaba zonas rubias con zonas de color naranja. Transmitía una imagen de dureza que desaparecía cuando abría la boca, pues se expresaba con mucha dulzura, sin dejar de mirar a Lucía a los ojos de forma protectora.

—Me llamo Raquel —se presentó tendiéndole la mano.

Lucía, todavía un poco intimidada, le dijo que pretendía tatuarse un par de palabras en el pubis. La chica, al escucharla, movió la cabeza con un gesto que parecía de comprensión y duda al mismo tiempo. Sin desaconsejárselo directamente, le mostró un mapa del cuerpo con las zonas más sensibles a la aguja del «artista», así se refirió al tatuador. El pubis estaba marcado en rojo, lo que significaba daño.

—Pero si para ti es importante, se hace —añadió.

—Es importante —dijo Lucía.

—¿Y qué te quieres tatuar?

—Dos palabras: *Nessun dorma.*

—Espera, que tomo nota.

—*Nessun,* con dos eses y terminado en ene. *Dorma,* como suena —aclaró.

—¿Qué significa?

—Que nadie duerma. Es el título de un aria de *Turandot,* la ópera de Puccini.

—Yo de ópera no sé nada, pero a Armando le encanta. Le paso la información y así él ya va viendo tipografías para proponerte, aunque tú luego elijas la que te dé la gana.

Lucía permaneció expectante, por si tuviera que cumplir algún otro trámite, pues había pensa-

81

do en el tatuaje como en una intervención quirúrgica y ahora le parecía todo demasiado sencillo.

—A mí me viene bien los martes —añadió ante el silencio de Raquel.

La joven consultó el ordenador. Dijo:

—Pues mira, el martes próximo a las once. Tiene hueco. Así como te digo que el pubis es doloroso, te digo que *Nessun dorma* son dos palabras de nada. Si os ponéis de acuerdo en la tipografía, te lo hace en un abrir y cerrar de ojos.

Cuando Lucía estaba a punto de despedirse, Raquel le aconsejó que se depilara el pubis a la cera.

—¿Entonces bastará con una sesión? —se aseguró Lucía.

—Para esas dos palabras, sí. En un solo color.

—¿Y podría hacerme el tatuaje una mujer en vez de...?

—Aquí solo trabaja Armando, pero no te apures por eso, es como ir al médico. Es muy bueno, el mejor. Ha tatuado a muchas actrices y cantantes en lugares que no te puedes ni imaginar.

Lucía sí se lo podía imaginar porque había fisgoneado en internet, pero fingió sorprenderse.

Salió un poco confundida del establecimiento pensando que no acudiría a la cita, luego que sí, y luego otra vez que no. Pero, ya en el taxi, al fantasear con la posibilidad de un encuentro con el actor en el que le hiciera un regalo de esa naturaleza, decidió que sí. De modo que esa misma tarde acudió a un centro de estética para depilarse. La atendió una mujer muy seductora, como de su edad, cuya conversación poseía propiedades anestésicas, pues no le dolió como en otras ocasiones.

Cuando explicó a la esteticista lo que pensaba tatuarse en el pubis y por qué, la mujer soltó una carcajada, se levantó el vuelo de la bata y le enseñó una nalga en la que llevaba tatuada una rana enorme, de colores muy vivos, que estaba atrapando con la lengua un insecto, muy bien dibujado también, situado en el coxis. Le explicó que se trataba de un regalo que le había hecho a su marido, un apasionado de los microcosmos de estanque y de los animales de sangre fría en general.

—En la otra nalga —añadió— voy a tatuarme una iguana cuya cola va a bajar por el muslo, hasta aquí, más o menos, hasta la mitad de la corva. Me la están diseñando.

Casualmente, se había puesto también en manos de Armando, del que aseguró que era el mejor.

—Ve sin miedo, te hará un gran trabajo.

Abandonó muy reconfortada el centro de estética y, de vuelta a casa, estuvo un buen rato buscando en internet tipografías para su *Nessun dorma*. Dudaba entre lo retórico y lo austero, dudaba también si proporcionar a las letras un toque de color o estamparlas simplemente en negro. Antes de meterse en la cama, se desnudó delante del espejo y, no sin dificultades, escribió con un rotulador negro las dos palabras mágicas, una debajo de la otra,

sobre la piel un poco enrojecida todavía por la de-
pilación:

Nessun
dorma

Incluso mal escritas como quedaron, proporcionaban a su pubis un toque de misterio del que
resultaba imposible no prendarse. Decidió entonces que elegiría una tipografía austera y que solo
utilizaría el negro.

Cuando ya estaba a punto de irse a la cama,
recibió en el móvil un mensaje de sus excompañeros informáticos, con quienes había creado un grupo de wasap para intercambiarse noticias de interés
respecto a la demanda colectiva que habían inicia-
do contra el dueño de la empresa. Tenían al día siguiente una reunión con el abogado laboralista que
llevaba su caso, pues al haber quebrado de forma
fraudulenta, no habían cobrado el último mes ni la
indemnización ni el finiquito que les correspondía.

9

La reunión con el abogado laboralista, que terminó pasadas las ocho de la tarde, resultó frustrante porque les dio pocas esperanzas de cobrar. También porque los compañeros de Lucía, aunque discretamente, se burlaron de su aspecto. Tendría que haber acudido a la cita sin el maquillaje de china, al que se había acostumbrado de tal modo que ni se le pasó por la cabeza que llamaría la atención.

El grupo abandonó el despacho del abogado, que en realidad era un cuchitril, con un estado de ánimo sombrío. Alguien, no obstante, propuso ir a tomar unas cervezas, invitación que Lucía declinó por falta de ganas y porque, entre unas cosas y otras, llevaba unos días haciendo unas cajas insatisfactorias. Volvió al taxi decidida a trabajar hasta que el sueño la venciera.

La noche, más que tranquila, parecía anestesiada. Por combatir el aburrimiento, y después de dejar a una pareja a las puertas de un restaurante chino con la fachada llena de farolillos rojos, imaginó que era taxista en Pekín. Para ello, fue eligiendo al azar los callejones más estrechos y oscuros que le salían al paso hasta que logró perderse por completo. La sensación, estimulante y turbadora a la vez, le hizo olvidar el encuentro con sus antiguos colegas, cuya aspereza crecía en la memoria, para instalarse en Pekín, si no realmente, con la calidad de real de las imágenes que se manifiestan entre el sueño y la vigilia, cuando, creyendo que estamos dormidos, estamos despiertos, o al revés.

Luego, con el paso de las horas, la noche fue animándose e hizo un par de carreras cortas que la obligaron a volver del Pekín imaginario al Madrid real. Más tarde, cuando ya había logrado desorientarse de nuevo, desembocó sin saber muy bien cómo en la Gran Vía, repleta de gente noctámbula. A la altura de Telefónica, había una china vendiendo bebidas y cajas de cartón con fideos y arroz tres delicias. Sin bajarse del coche, compró una caja de fideos y una botella de agua y regresó a su fantasía pekinesa, reforzada ahora por el ambiente callejero.

Definitivamente, le gustaba Pekín, mucho, le gustaba mucho, de modo que puso *Turandot,* cuya acción se desarrollaba en esa gran ciudad, y volvió a extraviarse por los callejones de detrás de la Gran Vía en busca ahora de un lugar tranquilo donde poder dar cuenta de su cena. Tras deambular diez o quince minutos como una rata de laboratorio por el interior de un laberinto, se detuvo cerca de un club situado en un callejón sin salida y decorado con motivos orientales. Aparcó en doble fila para reponer fuerzas. En esto, cuando apenas había empezado a comerse los fideos chinos, escuchó la puerta de atrás, por la que se coló, no sin dificultad, un tipo que se dejó caer sobre el asiento y se durmió de golpe, después de balbucear que lo llevara a Manuel Becerra. Todo ello sucedió en cuestión de siete u ocho segundos, quizá menos.

Lucía abandonó la comida en el asiento del copiloto, bajó la bandera y arrancó preguntándose de dónde habría salido el individuo, pues se había materializado sin ninguna señal previa, ni siquiera el movimiento de una sombra que le hubiera permitido anticipar su presencia a través de los espejos. Puso rumbo a Manuel Becerra, al Manuel Becerra de Pekín, habría puntualizado ella, dando por hecho que el cliente, debido a su embotamiento, acababa de abandonar un fumadero de opio. A los cuatro o cinco minutos aprovechó un semáforo en rojo para encender la luz del techo, volver la cabeza y observarlo con detenimiento, por si se encontrara agonizando, o muerto. Entonces lo reconoció: era el cabrón con el que ella y sus excompañeros estaban en litigio por la quiebra fraudulenta de la empresa en la que habían trabajado.

Algo va a suceder, escuchó dentro de su cabeza.

Arrancó el coche cuando el semáforo se puso verde, pero cambió el rumbo y se dirigió a las afueras de Pekín sin saber muy bien dónde se encontraban, dejándose guiar por el olfato. Tras abandonar la almendra central y bajar por una avenida de regular tamaño, se internó en unas callejuelas por las que salió a una carretera de circunvalación y, desde ella, a un segundo y un tercer anillo que bordeaban la ciudad. Al mirar las señales de tráfico, las letras y los símbolos se descomponían formando caracteres chinos que entendía sin dificultad alguna, poseída como estaba por una lucidez que le trajo a la memoria las épocas de la adolescencia en las que había consumido estimulantes. Mientras el coche se desplazaba por aquellos suburbios, *Turandot* sonaba a todo volumen dentro del taxi y de su cabeza.

A la media hora, quizá a los tres cuartos, alcanzó un descampado sin otra iluminación que la de una hoguera alrededor de la cual, como fantasmas cuyas sombras se recortaban contra el fuego, aparecían figuras humanas con las manos extendidas hacia las llamas. Detuvo el coche a una distancia prudente, apagó las luces, bajó, abrió la puerta de atrás y, tirando de su abrigo, arrastró al cliente, que cayó al suelo como un saco lleno de vísceras. Antes de huir, en un impulso impremeditado, le extrajo la billetera del bolsillo interior de la chaqueta. Mientras sacaba el dinero, pensó fugazmente en el teléfono móvil, capaz de señalar el recorrido efectuado desde que lo recogiera en el centro de Pekín hasta el descampado de las afueras. Arrojó, pues, la cartera al suelo y comenzó a hurgar en el resto de los bolsillos, que eran muchos. Pero ya los zombis, tras abandonar el calor de la hoguera, habían comenzado a acercarse, alcanzando una distancia desde la que enseguida podrían distinguir la matrícula del coche. Se metió en él a toda prisa y arrancó con las luces apagadas. Lo último que vio a través del retrovisor fue las sombras de los indigentes inclinándose sobre el cuerpo del cabrón como animales hambrientos sobre un pedazo de carroña.

Llegó a casa a las tres de la madrugada, presa de una euforia que intentó aplacar caminando, descalza, de un extremo al otro del apartamento. Su cabeza era una calculadora capaz de realizar varias operaciones a la vez. Pensó con frialdad en lo que acababa de hacer, en cómo lo había llevado a cabo y en las posibilidades de ser descubierta si el tipo, cuando volviera en sí, llegara a poner una denuncia. Ordenaba los datos de la realidad en una columna mental, al modo de un diagrama de flujo:

—Dado el estado en el que se encontraba el sujeto cuando subió al taxi, lo más probable era que ni siquiera fuera capaz de recordar la marca del coche.

—Tampoco habría advertido que lo conducía una mujer.

—Tendría que revisar al día siguiente el callejón sin salida en el que se había detenido a comer los fideos, por si hubiera alguna cámara cerca, aunque las cámaras solían estar en las fachadas de los bancos o de los comercios importantes, y allí no había ninguno.

—En una ciudad como Pekín, debían de ocurrir cada noche miles de incidentes de ese tipo que las autoridades, como mucho, se limitarían a contabilizar.

Luego, sin dejar de moverse para dar salida a la excitación física, contó el dinero que había sacado de la cartera del tipo: quinientos setenta euros. No era lo que le debía la empresa, pero bastaba como recompensa moral y equilibraba los malos resultados obtenidos con el taxi durante las últimas jornadas. Enrolló los billetes, los metió en una bolsa de plástico que cerraba herméticamente y la guardó en un recipiente del congelador, junto a otras bolsas en las que llevaba tiempo escondiendo algo de líquido por si un día se levantaba de la cama y las autoridades habían decretado un corralito.

Se desnudó y se puso el pijama, pero comprendió enseguida que no podría dormir porque tenía fiebre, no una fiebre de termómetro, no estaba enferma, sino una fiebre de carácter mental, pues era su pensamiento el que hervía como si las ideas hubieran alcanzado una temperatura insólita.

En realidad, las ideas llevaban hirviendo en su interior desde que averiguó que Braulio Botas era actor. El miedo a no estar al nivel de su conversación cuando por fin lo recogiera en su taxi (eso sucedería, estaba escrito) la condujo a leer en internet decenas de artículos sobre el mundo del teatro, aparte de las entrevistas, escasas, que le habían hecho al propio Botas con motivo de alguna de sus actuaciones. Y en cada texto descubría mundos de cuya existencia, hasta entonces, ni siquiera había sospechado. Y cada uno de esos mundos se quedaba flotando en una u otra habitación de su conciencia, pues Lucía imaginaba la conciencia de ese modo, como un conjunto de habitaciones en cada una de las cuales se desarrollaba una idea o una serie de ideas de carácter específico que a veces se reunían en el salón con las ideas del resto de las habitaciones para formar una teoría. La imagen no era suya, sino del actor, que concebía de ese modo la investigación sobre sus personajes.

Las ideas hervían, pues, dentro de su cabeza. Acababa de descubrir Pekín, la ciudad en la que se desarrollaba la acción de la ópera de Puccini, y había visualizado una y mil veces la plaza en la que la princesa Turandot descartaba a sus pretendientes, una plaza bellísima, adornada por las cabezas empaladas de los rechazados. Sobre esas cabezas evolucionaban decenas de aves que descendían hacia las cabezas para sacarles un ojo o arrancarles un trozo de los labios. Con frecuencia, veía la plaza desde la perspectiva de los pájaros porque ella misma formaba parte de las bandadas que la sobrevolaban.

Decidió que ya nunca abandonaría Pekín y que en esa ciudad, tarde o temprano, se encontrarían el actor y ella del mismo modo que dos ideas en apariencia distantes se anudan para dar lugar a otra idea de mayor rango. Impulsada por esta cantidad de estímulos, abandonó la cama, encendió el ordenador, escribió «Pekín» en el buscador y recorrió de un extremo a otro la ciudad, guiándose por la abundancia de planos a todo color, algunos de los cuales imprimió para llevarlos en el taxi. Por supuesto, en el estado febril en que se hallaba, no le costó dar con el suburbio en el que había abandonado al cabrón que la había dejado en la calle negándole la indemnización a que tenía derecho.

Volvió a acostarse al amanecer, pero tal era su energía mental que no logró cerrar los ojos. Su cuerpo daba vueltas, mientras que por el interior de su cabeza giraban a velocidad de vértigo, como si fueran golondrinas, decenas de ideas.

A las dos horas, después de haber entrado y salido de sueños brevísimos, que parecían túneles en el interior de la vigilia, saltó de la cama completamente descansada, igual que si hubiera dormido ocho o nueve horas. Sus sentidos continuaban en un estado de alerta fuera de lo común, de modo que mientras se tomaba un café sin nada (no tenía hambre) construyó un algoritmo adecuado a la situación del que dedujo que lo primero que debía hacer era acudir al callejón en el que se había detenido a comer los fideos para comprobar si había alguna cámara que hubiera podido grabar la entrada del cabrón en el coche.

Dejó el taxi en un aparcamiento cercano y se dirigió al callejón para recorrer a pie, en sentido contrario, el camino que había hecho con el coche de madrugada. No vio ninguna cámara. La primera se encontraba a cinco calles de donde había recogido al tipo. Ningún peligro por ese lado. Supuso que el cabrón debía de andar por ese barrio de puterío y que se dirigía a Manuel Becerra para continuar la juerga en uno de los garitos de la zona, pues vivía en una mansión de una zona residencial de las afueras.

Volvió al parking, recogió el coche y decidió dar una vuelta por el centro. Siempre que le era posible, regresaba al centro. Supuso que los taxistas, en general, tenían querencias por unas u otras zonas y la suya, acababa de descubrirlo, era esa.

Encendió la radio justo cuando estaban dando las noticias. Dijeron que en un descampado cercano a uno de los supermercados de la droga, en Madrid, había aparecido, desnudo, sin vida, sin documentación y sin teléfono móvil, un individuo todavía por identificar. El cadáver había sido trasladado al Anatómico Forense para la realización de la autopsia.

Lucía perdió la respiración unos instantes. La recuperó cuando pensó que el teléfono móvil del cabrón, si se trataba de él, había desaparecido.

10

Se dirigió a Cibeles, pendiente de la radio que, finalizado el boletín informativo, continuó con la programación habitual. A la altura de la confluencia de Gran Vía con Alcalá, junto al edificio del Bellas Artes, la detuvo una mujer con uno de esos cochecitos para gemelos en los que los críos van sentados el uno frente al otro, como si se miraran en un espejo. Pero solo iba ocupado uno de los asientos, lo que provocaba un efecto asimétrico algo perturbador. Tuvo que bajarse para ayudarla a plegar el cochecito y meterlo en el maletero, con lo que organizaron bastante lío porque el tráfico estaba un poco denso. Lucía prestaba a todo una atención mecánica aunque rigurosa, pues su cabeza no dejaba de darle vueltas a la noticia del cadáver aparecido en el vertedero chino. Estaba ansiosa por confirmar si se trataba de su cliente. La ansiedad la mantenía despierta pese a las pocas horas de sueño de la noche anterior. Y más que despierta: lúcida, colmada por un ímpetu mental fuera de lo común.

La señora le pidió perdón por el lío y Lucía le dijo que no se preocupara, que para eso estaban. Iba a la calle de la Hiedra, cerca de la plaza de Castilla, cuya localización, en parte por juego, pero en parte con seriedad, consultó en uno de los planos de Pekín que había impreso durante la madrugada anterior. Fingiendo para sí misma que seguía las instrucciones del mapa, aunque siguiéndolas de forma real, como si fueran posibles las dos cosas, llegó a Cibeles y giró alrededor de la estatua para tomar el paseo de Recoletos. La idea de hallarse simultáneamente en Pekín y en Madrid, o la capacidad mental de desplazarse en cuestión de segundos de una ciudad a otra, le producía una estimulante sensación de poder. En el futuro, de lo que hiciera en España se podía poner a salvo en China y al revés.

Como el niño iba muy silencioso en los brazos de su madre, que se había colocado el cinturón de seguridad de manera que abarcara el cuerpo de ambos, Lucía le preguntó, en el tono idiota con el que los adultos hablan a los niños, que dónde había dejado a su hermanito.

El pequeño bajó la mirada en silencio al tiempo que la madre, dirigiéndose al espejo retrovisor, dibujaba con los labios, aunque sin emitir sonido alguno, un «ha muerto».

—Perdón —respondió Lucía del mismo modo, con las cejas alzadas por la sorpresa.

Su euforia, sin desaparecer del todo, se aminoró, dejándola exhausta, como cuando se retira la fiebre por los efectos del antipirético. Pero notó que se trataba de un desfallecimiento creativo, semejante al que sucede a un orgasmo intenso, una depresión momentánea desde la que el mundo se dejaba pensar mejor que desde la exaltación anterior. Cuando ya estaban llegando a destino, el niño abrió la boca. Dijo:

—Mamá, ¿hoy se ha muerto alguien?

—Claro, hijo, todos los días se muere alguien —respondió la mujer tras consultar el reloj, como si la muerte tuviera horario de apertura y cierre.

Eran ya las once menos diez. El siguiente boletín informativo sería a las once en punto. Por suerte, a las menos cinco dejó a la madre y al gemelo viudo en su destino y pudo escucharlo ella sola, con el corazón, como suele decirse, en la garganta.

El cadáver había sido identificado y correspondía, en efecto, al cabrón de su exjefe, de quien dijeron que se hallaba incurso en varios procesos judiciales por quiebra fraudulenta y alzamiento de bienes, entre otros delitos. El cuerpo, además de haber sido desposeído de sus ropas, de su billetera, del teléfono móvil y de la documentación, mostraba señales de violencia. La última persona que lo había visto con vida era su secretaria, según la cual salió de la oficina desde la que llevaba sus negocios sobre las siete de la tarde, sin indicar adónde se dirigía, dejando el coche en el garaje. A partir de esa hora se le perdía el rastro. Nadie era capaz de dar cuenta de adónde había encaminado sus pasos ni por qué había terminado en un suburbio cercano a uno de los llamados supermercados de la droga. Se especulaba, dada la trayectoria del sujeto, con la posibilidad de un ajuste de cuentas, también con la idea de que hubiera sido asesinado en un lugar distinto a aquel donde se halló el cadáver. En todo caso, la autopsia reveló la existencia de alcohol y estupefacientes en el cuerpo del fallecido.

Como las distancias entre la oficina del muerto, el lugar en el que ella lo recogió y su domicilio eran considerables, Lucía supuso que había renunciado a coger su coche porque pensaba darse una juerga antes de volver a casa y prefería no conducir en mal estado. En tal caso, lo más probable era que hubiera tomado un taxi desde la oficina hasta el lugar donde, casi inconsciente ya, lo recogió Lucía. El único eslabón era ese taxista y quizá el club o el prostíbulo en el que se había drogado. Pero nadie en su sano juicio, aunque lo reconociera por las imágencs de la televisión, acudiría a la comisaría a decir que lo había visto aquella noche. Significaba meterse en líos de los que se sabe cuándo empiezan, pero no cuándo terminan.

La ausencia de rastros sobre el sujeto, durante todas aquellas horas, favorecía claramente a Lucía. Se sintió bien, plena, segura y satisfecha de sí. Al poco, empezaron a entrar en su móvil mensajes del grupo de wasap de sus excompañeros. Se limitó a darse por enterada, aunque le habría gustado ver la cara que pondrían de conocer su participación en el suceso.

Regresaba al centro por la querencia que tenía hacia esa zona cuando la detuvo, a la altura de Cuzco, un matrimonio de unos cincuenta años que entró en el coche discutiendo acerca de la longitud de las mangas de las chaquetas, y que continuó haciéndolo después de indicar la dirección a la que iban.

—Si todas las mangas de todas las chaquetas te están largas —dijo al fin el marido dando por zanjada la discusión—, lo más probable es que tengas los brazos cortos. Las mangas se pueden arreglar; los brazos, no.

La mujer le dio las gracias irónicamente por la cortesía y se hundió en un silencio más triste que rencoroso, mientras que el hombre, complacido por la retirada de ella, se acomodó en el asiento con expresión de triunfo. A Lucía, por lo general, las mangas de la ropa de confección le quedaban también un poco largas, por lo que sintió aquella ofensa ajena como propia.

—Peor es una lengua larga que un brazo corto —dijo mirando al pasajero a los ojos por el retrovisor.

—¿Cómo dice? —preguntó sorprendido.

El tipo no sabía que estaba hablando con la misma mujer que apenas unas horas antes había contribuido a la eliminación de un hijo de perra. Lucía sintió que era capaz de todo. Dijo:

—Digo que si yo fuera su mujer, le habría dado un par de hostias con esas manos que tiene al final de sus cortos brazos.

El individuo se quedó sin habla durante un minuto o más. Circular durante sesenta o setenta segundos con la tensión muda que se creó dentro del coche resultó de una violencia extrema de la que Lucía disfrutó. Se sentía tan poderosa, tan fuerte, que casi deseó que el cliente añadiera alguna inconveniencia para detener el coche, volverse y darle de verdad una bofetada. Pero permaneció mudo, aunque estaba blanco por la ira. Debió de ver en el rostro de la taxista un instinto asesino capaz de cualquier cosa. Al cabo de aquel minuto largo, y aunque no habían llegado a destino, el pasajero abrió la boca e, intentando salvar la dignidad, ordenó:

—Déjenos aquí mismo.

—Con mucho gusto —concedió Lucía frenando el coche en seco.

Luego, cuando el hombre echó mano a la cartera para pagar, añadió que se metiera su dinero por el culo. En vez de eso, el hombre sacó un billete de diez euros, lo arrojó al suelo y se bajó en silencio seguido de su mujer.

Tras recuperar el billete, Lucía continuó rodando en dirección a la Gran Vía, que atravesó de un extremo a otro sin un solo cliente a la vista. En la plaza de España torció para coger Ferraz sin una idea clara de hacia dónde dirigirse. Tenía hambre, pero era temprano para tomar algo. En el taxi, si comes pronto, la tarde se hace eterna.

Gracias a la emisora, realizó, casi seguidas, un par de carreras cortas, la primera de doce y pico euros y la segunda de ocho. A las dos, en Alberto

100

Aguilera con Galileo, sonó el móvil y apareció en pantalla un número desconocido. Descolgó utilizando el manos libres. Un hombre le preguntó si podía recogerlo veinte minutos más tarde en un número de la calle Almirante. Lucía miró el reloj y se comprometió a ello, poniendo rumbo a la dirección indicada. Su obstinación en repartir tarjetas a los clientes comenzaba a funcionar.

Se trataba de un tipo de entre cuarenta y cuarenta y cinco años con buena pinta. Delgado, más bien alto, con un abrigo de cachemir marrón, fular a juego y la nariz ganchuda, otro hombre pájaro. No recordaba haberlo visto antes, por lo que pensó que le habría dado su número un cliente de los muchos que quedaban satisfechos con su servicio. En todo caso, le pareció más elegante no preguntar.

Después de que se acomodara en el asiento y le diera la dirección, Lucía puso *Turandot* con el volumen bajo, para hacerse la interesante. Llevaba ese día el moño de bailarina, con la nuca completamente al descubierto. El tipo picó:

—¿Le gusta la ópera? —preguntó.

—Intento que me guste —dijo ella.

Su respuesta le desconcertó un poco, o eso le pareció a Lucía, pero reaccionó enseguida. Dijo que a él no le gustaba y que no le importaba confesarlo.

—No me la creo —añadió—, esas cantantes gordas que hacen de personajes delgados y esos tenores con el pecho inflado como un globo... A mí

101

la ópera me da risa. Incluso en los momentos más dramáticos me da risa. Usted perdone.

—Cada uno tiene sus gustos —apuntó Lucía como si no le interesara su opinión—. Pero dígame, ¿usted ha escuchado alguna vez con atención el canto de los pájaros?

—Pues la verdad, no. Los oigo, pero no los escucho.

—Si los escuchara y supiera algo de ópera, comprobaría que muchas sopranos, cuando cantan, sin dejar de decir palabras, emiten verdaderos trinos. Y lo importante en esos momentos no es lo que dicen las palabras, que apenas se entienden, sino lo que dicen los trinos.

—¿Y eso cómo lo sabe usted?

—Lo sé porque soy una mujer pájaro —dijo sonriéndole a través del retrovisor, en un tono que, sonando a broma, podía tomarse en serio.

—¿Y qué dicen los trinos?

—Eso no se sabe, nadie ha descifrado el canto de los pájaros.

—Pero usted, que es una mujer pájaro, debería saberlo.

—Si lo sé, me lo callo.

—Pues hace mal.

—Le voy a poner un ejemplo: la Callas. La Callas era una mujer pájaro. No tiene más que observar su perfil mientras la escucha cantar. ¿Ha oído hablar usted de Yma Sumac?

—No.

—Fue una contralto peruana, ya fallecida, que aprendió a cantar imitando el canto de los pájaros.

—¿Y también era una mujer pájaro?

—Busque su rostro en internet, luego escúchela cantar y decídalo por sí mismo. Por cierto, que usted tiene aspecto de hombre pájaro, pero ya voy viendo que temperamento no.

—No sabe cómo lo siento.

—Yo también.

—¿Y qué es eso que escucha?

—*Turandot*, de Puccini.

—Puccini, ah, sí, ¿de qué trata?

—De una princesa china que se llama de ese modo, Turandot, con la que todos los príncipes del mundo desean casarse, aunque ella no quiere casarse con ninguno. Entonces pone a sus pretendientes tres enigmas comprometiéndose a casarse con el que los acierte. Los que fracasan, en cambio, son decapitados al amanecer y sus cabezas se empalan a la vista de todos para adornar la plaza.

—¡Qué espectáculo!

—Y los pájaros de Pekín vuelan sobre las cabezas de los vivos y los muertos llenando el aire de graznidos y gorjeos. A veces descienden para picotear la cuenca de los ojos de los muertos. O la lengua, cuando ya han acabado con la nariz y los labios.

—Insisto, ¡qué espectáculo!

—Uno de esos pájaros —añadió Lucía inopinadamente, como si no se hubiera tratado de una

103

decisión suya— es mi madre. Mi madre gorjea, claro, porque es una golondrina.

El pasajero se quedó tan perplejo por lo que había escuchado como Lucía por lo que había dicho.

—Usted perdone —añadió tras una carcajada para resolver la situación—, pero es que, poco antes de que mi madre muriera, entró en la habitación una golondrina y ella, que deliraba por la fiebre, dijo que la golondrina era ella. El caso es que el recuerdo me ha venido sin venir a qué, valga la redundancia. Pero le estaba hablando de Turandot, la princesa china de la obra de Puccini.

—Sí —dijo el pasajero—, me había dicho que ponía tres enigmas a sus pretendientes. ¿Puede saberse cuáles eran?

—Si se los digo y los adivina —bromeó Lucía—, tendré que casarme con usted. Pero si no acierta, ya sabe —concluyó sonriéndole a través del espejo al tiempo de pasarse el índice por el cuello, al modo de un cuchillo.

El hombre fingió dudar.

—¿Por qué Turandot odia a los hombres? —preguntó.

—Por asuntos antiguos, de orden familiar —respondió Lucía—. Y porque los hombres, no se ofenda usted, son por lo general un poco odiosos.

—Seguramente más que un poco —apuntó él con una sonrisa como de actor.

—Lo ha dicho usted, no yo.

Transcurrieron unos segundos sin que ninguno de los dos dijera nada. Parecía que jugaban al ajedrez. Al cabo, movió ficha él.

—¿Y usted lleva ese maquillaje porque se identifica con la princesa china?

—Yo soy la auténtica princesa china —respondió ella con una sonrisa amplia—. La de Puccini es de ficción.

Empezaban a pasárselo bien, aunque Lucía habría jurado que él mejor que ella.

—A ver, vengan esas tres adivinanzas —solicitó el pasajero.

—Ya sabe a lo que se expone: boda o muerte.

—Espero que valga la pena. ¿Cómo es la primera?

—Escuche bien: «En la sombría noche vuela un fantasma iridiscente. Sube y despliega las alas sobre la negra humanidad infinita. Todo el mundo lo invoca y todo el mundo le implora. Pero el fantasma desaparece con la aurora para renacer en el corazón. Y cada noche nace y cada día muere».

El hombre contempló a Lucía con asombro por la pasión que puso en el recitado.

—No tengo ni idea —dijo casi sin darse tiempo a pensarlo.

—¡La esperanza! —exclamó Lucía—. ¿No es hermoso?... Despliega las alas sobre la humanidad infinita... Y cada noche nace y cada noche muere.

105

Se emocionó un poco al repetirlo, lo que impresionó vivamente al pasajero, que enseguida solicitó el segundo enigma.

—Ahí va —dijo Lucía—: «Se agita como una llama, pero no es una llama. Es a veces delirio, es fiebre de ímpetu y ardor. La inercia lo transforma en languidez. Si te pierdes o mueres, se enfría. Si sueñas la conquista, arde, arde. Tiene una voz que trémulo tú escuchas y del poniente el vivo resplandor».

—¡Ni idea! —confesó el hombre.

—¡La sangre! —gritó Lucía.

—Bien, ya que de todos modos estoy condenado a muerte, dígame el tercero.

—«Hielo que te da fuego y más hielo se hace por tu fuego. Límpida y oscura. Si libre te quieres, te hace más siervo. Si por siervo te acepta, te hace rey.»

—No sé.

—¡Turandot!

—¿Turandot? ¿Usted es hielo que da fuego? ¿A quién, si puede saberse?

—A Calaf. ¿Sabe quién es Calaf en la obra de Puccini? Es el único príncipe del que ella se enamora rompiendo así toda una tradición de odio hacia los hombres.

—¿Y puede saberse quién es Calaf en la vida real?

—En la vida real se llama Braulio Botas, y es actor.

—Ah, sé quién es. Pero trabaja poco, debe de vivir de su mujer. De hecho, creo que ha estado unos meses separado de ella, pero han vuelto. Su mujer me parece que es antropóloga. Salió un día en la tele hablando de Atapuerca.

Lucía recibió aquella información sin mover un solo músculo de su rostro. De modo que Braulio tenía una mujer de la que había estado separado unos meses (los que fue vecino de ella, sin duda) y de la que quizá tenía que vivir porque el teatro no le daba para ello. Una antropóloga.

—No es que tenga nada con él —matizó Lucía—, ni siquiera lo conozco, pero lo admiro mucho. ¿Y usted a qué se dedica? —preguntó enseguida para desviar la conversación del asunto Botas, en el que se arrepentía de haber entrado.

—Yo soy escritor.

—Ah, vaya, ¿y qué escribe?

—Escribo novelas —dijo con un titubeo que Lucía captó—. Y escribo en la prensa.

—¿Hace periodismo cultural sin que le guste la ópera?

—No, qué va. Económico, periodismo económico. Bueno, ahora hay que hacer de todo, pero a mí me gusta la información económica.

—¡Qué difícil!

—No se crea, ¿quiere saber cómo trabajo?

—Dígame.

—Pues cojo una noticia cualquiera, la enfoco o la desenfoco un poco para darle un aire de novedad, aunque la haya copiado de otro medio. Hay días en los que todos los periodistas económicos

107

escribimos el mismo artículo en todos los periódicos. Aunque parezcan distintos, si usted los lee con atención, comprobará que son el mismo. Nos pagan igual el día que escribimos el artículo de los demás que el propio.

—¡Qué cinismo! Pero digo yo que algo contará para la vanidad personal hacer las cosas bien.

—Lleva usted razón. Un modo de hacer las cosas bien consiste en evitar la actualidad. O en desactualizarla. Desactualizar la actualidad es muy parecido a hacer una cebolla rellena.

—Es usted una caja de sorpresas. Deme la receta.

—Has de vaciar la cebolla con cuidado de que no se rompa, dejando solo una o dos capas, las más exteriores, evidentemente. Con lo que has sacado, preparas un sofrito en el que incluyes pimiento, tomate y ajo en láminas. Le añades sidra o vino blanco y dejas hervir para que reduzca y quede una salsa espesa que, si has salpimentado bien, quedará muy sabrosa. A esa salsa le añades bonito en conserva, porque las conservas desactualizan mucho, lo rehogas un poco, para que se trabe, y rellenas la cebolla previamente vaciada, que introducirás en el horno hasta que se dore. El resultado, para el paladar, es el mismo que si hubieras hecho un revuelto de todo. El secreto está en la forma: una cebolla rellena es una cebolla desactualizada. Procédase con el artículo periodístico de forma semejante: vacíe usted la actualidad respetando la capa más externa, etcétera.

El tipo, pensó Lucía, no conocía *Turandot,* pero sabía chino. Se lo dijo:

—Sabe usted chino. Eso que me acaba de decir no sale de un tirón, lo tiene aprendido para seducir a las personas sencillas como yo.

El tipo miró el reloj y dijo que se había hecho la hora de comer.

—Ya que no puede usted decapitarme —añadió sonriendo—, permítame al menos que la invite a tomar algo.

—Tendría que ser en un restaurante chino —dijo ella—, hoy me he levantado con la idea de que trabajaba en Pekín.

11

Se hallaban cerca de Legazpi, donde, según el pasajero, había un restaurante chino siempre lleno de asiáticos, lo que certificaba su autenticidad.

—Preparan de cine el bogavante al jengibre —añadió—. El problema será aparcar.

—No se apure, ahí mismo hay un parking público —dijo Lucía.

Desde el momento en el que la mujer aceptó la invitación del cliente, se creó dentro del coche una tensión generada por las expectativas sexuales del periodista económico, de cuyo control se hizo cargo Lucía como el copiloto de los mandos del avión cuando el piloto sufre un infarto. No es que ella careciera de expectativas, pero funcionaban sin la urgencia que se apreciaba en las de él. En consecuencia, la conversación perdió intensidad y el periodista comenzó a observar la nuca desnuda de Lucía y el perfil de su rostro de un modo valorativo. Iba con sus ojos de una zona a otra de las partes visibles, desde su posición, del cuerpo de la mujer (el hombro derecho, los brazos y las manos, que mantenía sobre el volante) como el que calcula el peso o las cualidades de una mercancía. Siempre era así, pensó ella.

Cuando llegaron al parking y Lucía bajó la bandera para cobrarle, el hombre sacó la tarjeta de crédito, pero inmediatamente, cuando ya casi estaba en las manos de Lucía, la retiró para pagar en metálico.

—¡Qué golfo eres! —dijo ella descendiendo violentamente al tuteo, evitado hasta entonces por parte de los dos.

—¿Y eso? —preguntó el hombre, azorado.

—¿Prefieres no dejar rastros por lo que pueda pasar?

—¿Qué dices?

—Digo que esto es un taxi, no un burdel. Aunque tu mujer te revise las facturas de la tarjeta de crédito, no encontrará nada extraño.

El hombre no dijo nada, pero se ruborizó visiblemente mientras sacaba un billete de cincuenta euros.

—¿No tienes nada más pequeño? —dijo ella.

—No, lo siento.

—Vale, pues me dejas sin cambio. No importa, pero que se te meta en la cabeza que estás pagándome la carrera del taxi, no otra cosa.

—Ya lo sé, mujer.

—Por si acaso.

Salieron del coche y subieron las escaleras del parking andando porque el ascensor no llegaba. Cuando alcanzaron la calle, pese al frío, la presencia del sol resultaba abrumadora. Mientras se dirigían al restaurante, el hombre pidió perdón por lo de la tarjeta de crédito.

—Ha sido una reacción instintiva —dijo.

—¡Menudos instintos tienes tú! ¿Cómo te llamas? Si lo prefieres, me puedes dar un nombre falso.

—Ricardo, en serio.

—¿Y tu mujer?

—Mi mujer da lo mismo —dijo él.

Lucía percibió que el tal Ricardo iba mostrándose más frío a medida que se acercaban al restaurante.

—Te ha comido la lengua el gato —dijo—. Si no estás de ánimo, lo dejamos aquí. Mira, como ya tienes mi teléfono, me llamas otro día, cuando necesites un servicio. Si ese día vas con tiempo, te invito a comer yo.

El hombre se detuvo. Dijo:

—Creo que me estás maltratando por el hecho de que me has gustado.

—No es por haberte gustado —dijo ella—, yo siempre gusto, estoy acostumbrada, es porque cuando has olido la oportunidad de sexo te has puesto mezquino. Hay hombres a los que el sexo pone generosos y hombres a los que pone mezquinos. A ti te ha puesto mezquino.

—¿Lo dejamos entonces?

—Vale, lo dejamos.

—Encantado de haberte conocido.

El tipo le tendió la mano, Lucía le tendió la suya y se despidieron.

Casi mejor, pensó ella. Había percibido en el tal Ricardo una amenaza inconcreta, un borde oscuro

113

del que quizá se había librado gracias al cansancio acumulado durante las últimas horas y que se empezaba a manifestar en su estado de ánimo. Volvió al coche y se dirigió a casa con la determinación de no coger a ningún cliente que no fuera en su dirección.

En el segundo semáforo se subió una señora que iba al aeropuerto. No era lo que se había imaginado, pero la carrera valía la pena. Al poco de ponerse en marcha, y debido a una distracción, realizó una maniobra que la obligó a frenar bruscamente. La señora le pidió que llevara cuidado.

—¿Es que usted nunca pierde los nervios? —preguntó Lucía.

—Yo es que soy muy cristiana y no pierdo los nervios —dijo la señora.

Lucía se dio cuenta de que estaba deseando decirle que era cristiana desde que se subió al coche. Había gente así. Otros necesitaban contar que eran cirujanos o locutores de radio. Tenía un acento suave y se expresaba de manera pausada, algo hipnótica, para que al interlocutor le pareciera un milagro el simple hecho de hablar. Era consciente de cada palabra como el exfumador, cuando cae en la tentación, es consciente de cada calada. Como si hubiera renacido.

—Yo he renacido —dijo entonces la mujer leyéndole el pensamiento a Lucía—. Antes era nerviosa, tenía ansiedad, me daban ataques de tos...

—Es usted evangélica —aventuró Lucía.

—Sí, joven, pertenezco a una iglesia evangélica.

Esta era, en términos muy resumidos, su historia: un día soñó que tenía que entregar cincuenta euros a alguien muy necesitado. Como no se trataba de una cantidad exorbitada para su economía y el sueño había tenido una intensidad fuera de lo común, decidió llevarlo a cabo. Para ello, se acercó a una iglesia evangélica que había muy cerca de su casa, donde ese día de la semana se repartía comida y ropa a personas en apuros, y preguntó al hombre que daba la impresión de dirigir todo aquello a quién entregar el donativo.

—Quédese aquí y ahora le digo.

La mujer permaneció en el local observando el reparto de alimentos, conmovida ya por el modo discreto con el que se ejercía la solidaridad. Al rato, el director, o lo que quiera que fuese, se acercó a ella y le dijo:

—Mire, déselos a ese hombre.

La mujer se los dio al individuo señalado que, tras tomar el billete, la abrazó dándole las gracias como si le hubiera salvado la vida. Ese abrazo la libró de los demonios de la ansiedad que llevaba dentro. Eso dijo. Y de la tos. Le cambió misteriosamente la vida.

La historia conmovió a Lucía, pero no le quitó los nervios ni el hambre.

—Venga a vernos un sábado —le dijo la mujer antes de bajarse del coche, tras ofrecerle una tarjeta que guardó en la guantera.

Ya en casa, al contar el dinero que había hecho, tropezó con el billete de cincuenta euros de Ricardo, el periodista económico, y decidió que también ella se los daría a alguien muy necesitado. A ver si gracias a esa buena acción tropezaba al fin con Braulio Botas.

Luego abrió la nevera, comió cualquier cosa y se quedó dormida en el sofá, recorriendo mentalmente las últimas horas como el que recorre un pasillo con habitaciones a cada uno de los lados. Le asombró la cantidad de puertas.

12

Llegó el martes del tatuaje, que coincidía con su jornada de descanso. Había decidido cien veces que no iría. Otras cien que sí. Luego, otras cien que no. En ocasiones, los síes se infiltraban en los noes y los noes en los síes de tal forma que no siempre resultaba fácil distinguir los unos de los otros.

Amaneció con mucha humedad debido a una lluvia atomizada que se depositaba sobre la carrocería de los automóviles provocando el efecto de un barniz granuloso. Normalmente, Lucía dedicaba la mañana del martes a una limpieza exhaustiva del taxi. Lo llevaba a un sitio especial, al que acudían también otros profesionales, porque les hacían un buen precio, y donde prácticamente los desinfectaban. Si abandonabas la limpieza del coche, en cuatro días se convertía en un cubo de la basura, pues la gente no era muy limpia. No era muy limpia ni muy buena ni muy considerada ni muy respetuosa. La gente, en general, daba asco. El día anterior, sin ir más lejos, había cogido en Velázquez con López de Hoyos a un tipo que nada más acomodarse había comenzado a meterse el dedo en la nariz. Un tipo trajeado y que olía bien, pero que empezó a hurgarse al poco de arrancar. Lucía lo observaba de forma impertinente por el retrovisor con la esperanza de que se diera cuenta de lo que estaba haciendo. Pero su mirada, lejos de avergonzarle, daba la impresión de estimularle. Al final no pudo reprimirse. Le dijo:

—Hay gente que no piensa en el que viene detrás.

—¿Cómo dice? —preguntó el pasajero cesando en su exploración.

—Que hay gente que entra en el taxi y lo deja hecho un asco, sin pensar en el que viene detrás. Le ruego que deje de tocarse las narices.

Afortunadamente, el tipo se cohibió, porque estaba dispuesta a echarlo del taxi, pero se estableció entre ambos una tensión que arruinó la armonía de la carrera.

A Lucía le vino entonces a la memoria un viaje que había hecho a Barcelona, cuando todavía trabajaba de programadora. Su vecino de asiento, en el avión, se sonó las narices y abandonó el pañuelo usado en la bolsa de las revistas. Lucía se acordó de la madre de una compañera que limpiaba aviones en el aeropuerto y pensó que podría tropezar inadvertidamente con el kleenex sucio. Evocó una frase que su padre repetía con frecuencia: «Nadie piensa en el que viene detrás». La había escuchado tantas veces y la había hecho suya de tal modo, que ella solo pensaba en el que venía detrás. Quizá por eso había acabado de taxista, para pensar en el que venía detrás. Dejaba los aseos más limpios de lo que los encontraba, reciclaba las basuras y no pegaba chicles debajo de las mesas. Se preguntó si alguno de los que venían detrás de ella habría valorado este esfuerzo por facilitarle la vida.

Cuando su vecino de asiento, en el avión, se fue al baño, tomó el pañuelo de papel de donde lo había dejado y lo metió en la bolsa de vomitar. Aunque efectuó la operación de la manera más higiénica posible, utilizando solo la punta de los dedos índice y pulgar, cuando el tipo regresó, fue a lavarse las manos. Como era previsible, había dejado el baño hecho un desastre, por lo que se afanó también en asearlo para el que viniera detrás. Después se lavó, regresó a su asiento y pensó que su padre había intentado dejar la vida limpia para quien viniera detrás, que era su hija, pero dudaba que lo hubiera logrado. Pensando en su padre, y arrullada por el sonido de los motores, cerró los ojos y no se despertó hasta llegar a destino porque el avión tocó el suelo con cierta violencia. Su vecino de asiento se estaba hurgando las narices.

No era día, en fin, para lavar el coche, que se ensuciaría enseguida con aquella lluvia fina cargada de contaminación. La tranquilizó que fuera la climatología la que decidiera por ella y a las once en punto, tal como había quedado, entraba por la puerta del establecimiento de tatuajes mostrando una naturalidad que estaba lejos de sentir. Salió a recibirla enseguida Armando, el tatuador, un tipo delgado, como de cincuenta años, con el pelo en forma de cresta de colores muy vivos y un aro de plata en la ceja.

Después de que firmara la autorización que le puso delante Raquel, la recepcionista, Armando acompañó a Lucía a la trastienda y le mostró la tipografía que había elegido para el *Nessun dorma*, que era muy sencilla e imitaba una escritura caligráfica, hecha a mano.

—Cuanto más simple sea el trazo, mejor. No conviene castigar mucho la zona en la que tenemos que trabajar.

Aconsejó a Lucía que en vez de colocar una palabra debajo de la otra, como ella había pensado, las colocara en fila, bordeando la falda del monte de Venus, y le enseñó la muestra que había realizado sobre papel cebolla. Lucía dijo que sí porque decía que sí a todo, como el paciente que acaba de entrar en el quirófano para extirparse un tumor y se encuentra aturdido por el miedo y por la visión de un espacio tan extraño para él.

La sala era completamente blanca, de un blanco antiséptico, sin ventanas, aunque con una iluminación muy potente, también de color blanco, que procedía de todas las partes y de ninguna. Asustada como estaba, ella lo veía todo a fragmentos: la camilla en la que tendría que recostarse por un lado, la mesita móvil con las tintas por otro, la silla del tatuador, la lámpara, el lápiz... Le pareció que olía a desinfectante, pero lo que veía y olía no se podía comparar con lo que escuchaba, y que eran los gritos de un loro que, desde una enorme jaula, situada en uno de los rincones de la sala, daba los buenos días a la visitante.

El loro tenía una cresta que parecía copiada de la del tatuador.

Armando sonrió ante la sorpresa de Lucía y se dirigió a la jaula para taparla con una manta a fin de silenciar al animal.

—Normalmente no está tan alborotador —dijo—. Ahora ve detrás del biombo, desnúdate y ponte la bata que encontrarás en la percha.

—¿Me quito todo?

—Basta con los pantalones y las bragas. Y, por supuesto, el chaquetón. El jersey, no sé, tú verás; el caso es que te entre bien la bata para que estés cómoda.

La bata, semejante a las de hospital, era una especie de poncho azul, de un tejido desechable, que le llegaba hasta la mitad de los muslos y que podía ajustarse con lazos a los lados.

—¿Te depilaste a la cera? —preguntó Armando desde el otro lado del biombo.

—Sí —dijo Lucía.

Una vez tumbada sobre la camilla, se relajó, en parte gracias a la cháchara del tatuador, que aunque se dirigía a ella, hablaba en realidad consigo mismo. Quizá, pensó Lucía, se trataba de una técnica para que la paciente (¿la paciente?), al sentirse excluida de la conversación, pensara que en realidad no se encontraba allí, ofreciéndole sus genitales a un extraño.

—Es mejor que mires al techo —le dijo—, te tengo una sorpresa.

Dicho esto, tomó de algún sitio un mando a distancia, apuntó hacia un aparato reproductor y enseguida comenzaron a sonar los primeros compases de *Turandot*. Lucía rompió a llorar en silencio, liberando con las lágrimas la tensión que había venido acumulando desde que decidiera acudir a la cita. Mientras lloraba, o se dejaba llorar pasivamente, notó los dedos enguantados de Armando presionando con suavidad sobre su monte de Venus, como si calculara la consistencia de aquella región. Ahora, pensó, realizará el transfer del papel vegetal a la piel, tal como había visto en varios tutoriales de YouTube. Imaginó entonces que Braulio Botas estaba escuchando también *Turandot* en aquella mañana lluviosa y llorosa, y se dejó llevar por un estado de desfallecimiento confortable que afectó a todo su cuerpo.

Algo va a suceder, dijo su madre dentro de su cabeza.

—¿Te estoy haciendo mucho daño? —preguntó el tatuador.

—Me duele más *Turandot* —dijo ella, tentada de añadir que se trataba de un dolor curativo.

—Piensa en algo agradable mientras termino.

—¿Tú crees en las coincidencias? —preguntó Lucía.

—¿Por qué lo dices?

—Porque a mí todo lo interesante me ha empezado a pasar este año, justo al cumplir la edad en la que murió mi madre.

—Bueno, no sé, yo creo más en los significados que en las casualidades —respondió el tatuador centrándose en su trabajo.

—¿Y qué es un significado?

—Lo que está detrás del tatuaje. Tú sabrás.

Durante el resto de la sesión permanecieron en silencio. Lucía se sorprendió disfrutando del dolor mientras descubría en las sombras del techo figuras de pájaros. Cuando más abstraída se hallaba en esta búsqueda, escuchó las palabras del tatuador como si vinieran de lejos:

—Ya está, hemos terminado. Descansa un poco antes de levantarte, voy a destapar al loro.

Desde su posición, Lucía pudo escuchar de nuevo al animal, que dio los buenos días al ver la luz. Armando mantuvo una breve conversación con él durante la cual los perfiles del hombre y del ave quedaron expuestos a la visión de la mujer, que comprobó que eran prácticamente idénticos.

—Parecéis hermanos —dijo ella.

—¿Y quién te ha dicho que no lo somos? Anda, ve levantándote con cuidado.

Lucía se incorporó con la ayuda de Armando.

—Mira, te he puesto un apósito con una crema antibacteriana, para evitar infecciones. No te lo quites hasta dentro de doce horas por lo menos y luego lávate el tatuaje con agua templada. Cuando te vistas, te daré un papel en el que están las instrucciones que debes seguir para los próximos días. Utiliza braguitas de papel y protégetelo con una gasa estéril. No tengas la tentación de rascarte. Si te pica, date aire fresco con el secador y procura mantenerlo al aire una hora al día, para facilitar el secado.

13

Días después la requirió Roberta por teléfono para un servicio. Tenía que recogerla el jueves, a media mañana, en las oficinas de la productora, en Callao, y llevarla a Toledo, de donde volverían después de comer.

—No vayas a bajar la bandera —le dijo—, hazme un precio, que además te tengo una sorpresa.

Apenas se subió al taxi, Lucía le contó que se había hecho un tatuaje en el monte de Venus.

—¿Y eso? —preguntó Roberta.

—Creí que te lo había dicho. Me he dibujado las palabras *Nessun dorma,* el aria que ya sabes de *Turandot.* Con unas letras como de caligrafía, una obra de arte.

Roberta se echó a reír mirándola a través del retrovisor como si le estuviera gastando una broma.

—No me lo creo —dijo.

—Puedes jurar que sí.

—Me lo tienes que enseñar.

—Nada de eso, es un regalo para Braulio Botas y solo puede verlo él.

—¿Os habéis encontrado ya?

—No, pero está escrito.

—De momento solo está escrito el *Nessun dor-ma* —ironizó Roberta.

—Y lo otro también, no hay que tener prisa.

Durante el resto del viaje Roberta fue revisando papeles que llevaba en una cartera y hablando por teléfono de asuntos de trabajo. De vez en cuando intercambiaba una mirada de disculpa con Lucía, que le dijo:

—No paras.

—Este trabajo es así, lo tomas o lo dejas.

—Si necesitas una ayudante, ya sabes.

Cuando estaban a punto de llegar, Roberta guardó los papeles.

—Te prometí —dijo cerrando la cartera— que te tenía una sorpresa, pero en realidad son dos. La primera es que vamos al Rojas, el teatro de Toledo, así podrás ver un escenario por dentro e imaginarte a Braulio Botas sobre sus tablas. Es precioso, ya verás, de finales del diecinueve, muy bien conservado. Habíamos invertido mucho en una producción que no ha ido bien y tengo que hacerme cargo de los restos del naufragio, a ver qué podemos aprovechar.

—¿Y la segunda sorpresa?

—Cada cosa a su tiempo.

Les franquearon la entrada por una puerta lateral del edificio que daba a un pasillo por el que se accedía, entre otras dependencias, a los camerinos y a la parte posterior del escenario. Lucía, sobrecogida por aquella atmósfera, preguntó:

126

—¿A qué huele?

—A todo lo que sirve para falsificar la realidad, querida: a pintura, a madera, a serrín, a tela vieja, a polvo, a cañerías, a maquillaje, a aceite de engrasar, a champú, a tinte, incluso a oxígeno, a oxígeno de segunda mano, claro. ¿No lo notas?

—No sabía que había oxígeno de segunda mano.

—De segundo pulmón, para ser exactos. Ahora ya lo sabes.

Mientras Roberta se dirigía a las oficinas del inmueble, discutiendo sobre un inventario con la persona que las había recibido, Lucía descubrió los camerinos, algunos con su cuarto de aseo incluido, también con ducha. Tenían algo de útero materno desde el que por unos vericuetos vaginales se accedía a la caja del escenario.

Sentada frente a un espejo enmarcado por bombillas blancas, como los que había visto tantas veces en las películas, retocó atentamente su maquillaje de Turandot, se arregló brevemente la melena, recogida ese día en el lado izquierdo de la cabeza, y salió al pasillo intimidada por las cantidades de silencio contenidas en aquellos recintos. Iba de un lado a otro como por las oquedades del vientre de una ballena. Le había venido esta imagen, la del vientre de la ballena, sin saber por qué, pero la confirmó al alcanzar el escenario y observar desde el proscenio los palcos y el patio de butacas. Aquel gran vacío en forma de herradura parecía un costillar gigante desde cuyos intersticios un público fantasma observaba sus movimientos.

Imaginó una escena en la que Braulio Botas representaba, ante unos espectadores completamente entregados, un monólogo que ella interrumpía al colarse en el escenario por error, mientras buscaba su butaca. El actor detenía la representación volviéndose hacia la intrusa.

—¿Qué pasa? —preguntaba.

—Usted perdone —se excusaba Lucía—, estaba buscando mi asiento y me he metido por el pasillo que no era.

El público, no sabiendo muy bien si aquello era un accidente o formaba parte de la representación, rompía en risas y premiaba la sorpresa con un aplauso. Al advertir el éxito de la entrada, el actor se acercaba a Lucía tendiéndole la mano para invitarla a compartir el centro del escenario con él:

—Bueno, ya que está aquí, pase.

Ella avanzaba con pánico hacia el centro de la escena y saludaba a un auditorio regocijado por la situación, a quien inmediatamente se dirigía el actor para decirle:

—Este es uno de esos curiosos momentos en los que la vida se cuela en la ficción.

Entonces, señalando a Lucía, exclamaba:

—He aquí la vida. Quien les habla es la ficción.

Y luego, dirigiéndose de nuevo a Lucía, preguntaba:

—¿Qué tiene que decirle la vida a la ficción?

—Si no le importa —respondía ella—, me apetece más decir lo que le diría la ficción a la vida.

—Adelante.

—Le diría: «¿Adónde vas con esas prisas?».

El público rompió a reír de nuevo y Lucía imaginó que Braulio Botas, en ese mismo instante, comprendía que aquella mujer era la pareja artística perfecta. Juntos recorrerían los teatros de medio mundo con aquel arranque tan exitoso al que seguiría una trama en la que él, poco a poco, iría descubriendo que hablaba en realidad con Turandot, y ella, que su compañero de escena era Calaf, el único príncipe del universo capaz de acertar los tres enigmas que le proponía. La obra terminaría con ambos abrazados mientras sonaba a todo volumen el «*Nessun dorma*» y caía el telón.

Estaba agradeciendo los aplausos del público imaginario que llenaba el teatro cuando escuchó la voz de Roberta, que la llamaba por cuarta o quinta vez.

—Perdona —dijo—, estaba imaginando que representaba una obra.

—¿Tú sola?

—No, con Braulio Botas, claro.

Como con Roberta no se censuraba en absoluto, le contó lo que había imaginado.

—Pues no está mal como comienzo —dijo.

—Ni como final, digo yo.

—El problema es rellenar el hueco que queda en la mitad. Pero la idea de que dos de los personajes más famosos de una obra de Puccini anduvieran perdidos y se encontraran de ese modo casual en un escenario de cualquier parte del mundo tiene su aquel.

—¿De verdad te gusta?

—Sí, mujer, me gusta, aunque me gustará más cuando hayamos comido. Aquí ya hemos terminado y tengo un hambre feroz. Pero antes, la segunda sorpresa que te había prometido.

Roberta abandonó el escenario y regresó enseguida con una jaula grande, de artesanía, en cuyo interior había un pájaro negro.

—Toma, te lo regalo.

Lucía se echó las manos a la boca para contener un grito de sorpresa. Era prácticamente idéntico al pájaro que había recibido en su décimo cumpleaños y del que fue una compañera inseparable hasta que el animal desapareció, diez años después. De hecho, no había querido tener ningún otro pájaro porque le parecía insustituible.

—Es igual a... —dijo emocionada.

—Lo sé —dijo Roberta—, me lo describiste muy bien, pero no me has contado qué fue de él.

—Se escapó por la ventana cuando yo tenía veinte. Siempre supuse que para estrellarse en la cabeza de otra mujer como mi madre. ¿De dónde has sacado este?

—Formaba parte del decorado de la obra de teatro que acabamos de desmantelar. Pensé, mejor que devolverlo a la pajarería, en regalártelo a ti.

Lucía abrazó a Roberta llorando.

—No sabes lo que significa —dijo cuando logró calmarse.

—Lo sé, por eso lo he hecho.

Comieron en el Parador, desde donde se apreciaban unas vistas extraordinarias de la ciudad.

—Parece un decorado —murmuró Lucía, asombrada.

Cuando estaban a punto de sentarse a la mesa, volvió al taxi, en cuyo maletero habían dejado al pájaro. Pese a que no hacía calor, temió que le faltara el oxígeno. Lo dejó en la recepción del hotel, encareciendo que no movieran la jaula con brusquedad ni le dieran golpes. Durante ese breve recorrido, al meditar sobre los lazos de afecto que había establecido con Roberta, pensó que tal vez la amistad solo prosperaba en situaciones aleatorias como las que propiciaba el taxi.

Nada más sentarse, dijo:

—Estoy contenta con mi trabajo. Gracias a él te he conocido a ti y he recuperado al pájaro de mi infancia.

—Por cierto —dijo Roberta—, la jaula me la tienes que devolver, forma parte del inventario y es carísima.

—No te apures, conservo la de Calaf.

—¿Calaf?

—Así se llamaba mi primer pájaro.

131

—Eres una sorpresa permanente.

—Y una choferesa fantástica. ¿O no?

—Ya lo creo. Pero dime una cosa: ¿no se te hace duro conducir tantas horas?

—No, porque imagino que conduzco por Pekín y Pekín es una ciudad inagotable.

—Estás loca.

Las dos mujeres intercambiaron en ese instante una mirada que estaba a punto de significar algo cuando las interrumpió el *maître* del restaurante.

—De primero y para combatir el frío —les dijo a demanda de Roberta—, les recomiendo la sopa de ajo, que como aquí no se hace en ningún sitio. Por otra parte, ya sabrán que los platos típicos de Toledo guardan relación con la caza. Hoy tenemos una perdiz estofada magnífica.

Se produjo un silencio viscoso que rompió Lucía.

—Yo no como aves —dijo con los ojos clavados en el plato.

Resolvió la situación Roberta con su desenvoltura habitual, pidiendo lo mismo para las dos: sopa de ajo de primero y un pescado a la plancha de segundo.

Cuando el *maître* se retiró, Lucía pidió disculpas por la situación creada y el asunto de la perdiz sirvió para que le contara a Roberta lo que ocurrió en su infancia, al día siguiente de su décimo cumpleaños.

—Al día siguiente era lunes —dijo—. Me llevó mi padre al colegio y por la tarde fue a recogerme mi madre. La vi desde una ventana del edificio, cuando bajaba las escaleras. Se la reconocía a la legua por el apósito que llevaba en la cabeza debido a los diez puntos que le habían dado el día anterior. Hablaba con el padre de un niño de otro curso con el que no teníamos ninguna relación. Hasta ese día, se saludaban, como todos los padres, buenos días, buenas tardes, pero nada más. Comprendí por sus gestos que mi madre le explicaba lo ocurrido el día anterior mientras el hombre asentía. Lo curioso es que ese hombre tenía el rostro muy afilado, de forma que los ojos no le quedaban en el mismo plano de la cara. Resumiendo: que parecía un ave. Antes de que ocurriera lo de mi madre, ya me había fijado en él, pero ahora, al verlo conversando con mamá, volvieron mis temores de la noche anterior. ¿Y si lo de la pompa de jabón rellena de humo que había visto salir del pico del pájaro e introducirse en la boca de mi madre no había sido fruto de mi imaginación? Continué bajando las escaleras, llegué al patio, corrí a su lado y cuando me vieron llegar cambiaron de conversación. Antes de despedirse, él le dio una tarjeta que mamá guardó en el bolso. ¿Por qué has hablado con ese hombre?, le pregunté cuando ya estábamos dentro del coche. Se interesó por lo que me había pasado en la cabeza, dijo ella.

—¡Para ya, te lo estás inventando todo! —exclamó Roberta.

¿Se lo estaba inventando?, se preguntó Lucía.

—Más tarde —continuó— averigüé que ese hombre tenía una tienda de animales, donde me habían conseguido precisamente el pájaro de mi cumpleaños.

—Estás loca —repitió Roberta en tono cariñoso, rompiendo a reír escandalosamente.

Lucía se quedó asombrada por la capacidad de seducción de sus historias.

Durante el viaje de regreso, como durante el de ida, Roberta trabajó sin descanso, bien consultando papeles, bien hablando por teléfono. Al llegar a Madrid, Lucía propuso pasar por su apartamento para cambiar al pájaro de jaula, de modo que Roberta pudiera llevarse la suya.

—Será lo más práctico —dijo Roberta—, luego me dejas en la productora, tengo que contestar doscientos correos electrónicos.

Lucía notó que a Roberta le gustaba la idea de conocer su apartamento, al que entró igual que ella había entrado en el teatro, mirando a todas partes como a la espera de descubrir un portento.

—Lo tienes muy ordenado —dijo.

—Gracias.

—Y es muy acogedor.

—¿De verdad te lo parece?

—Ya lo creo.

—Para mí sola, es más que suficiente. Ven, que te voy a enseñar el baño.

Roberta la siguió.

—¿Qué tiene de particular? —preguntó.

134

—La rejilla de respiración. Por aquí es por donde se colaba *Turandot* cuando Braulio Botas vivía en el apartamento de abajo.

—Esa rejilla merecería estar en un museo del amor —dijo Roberta.

—No te rías. Yo la pondría en un marco. ¿Quieres tomar un café antes de irte?

—No, que tengo prisa. Dime qué te debo, cambia al pájaro de jaula y salgo corriendo.

—Pero si te voy a llevar yo a la productora...

—No, aprovecha que ya estás en casa y descansa. Yo cojo un taxi ahí mismo.

Lucía insistió en llevarla, pero Roberta se mantuvo inflexible.

—Dime qué te debo y túmbate en el sofá a ver la tele. Ojalá pudiera yo hacer lo mismo.

Lucía dijo que no le debía nada, que para ella había sido como un día de vacaciones, pero Roberta se empeñó, amenazándola con no volver a llamarla, y le hizo un precio especial. Tuvo la impresión de que Roberta tenía prisa por separarse de ella. Su intuición le dijo que algo no iba bien.

Aunque el pájaro estaba nervioso por todo el ajetreo, se dejó coger por Lucía, que lo trasladó con delicadeza de una jaula a otra.

—Mañana mismo —le dijo— te compro una percha, para que no estés todo el día encerrado ahí.

14

A los cuatro o cinco días del viaje a Toledo, recibió una llamada de Ricardo, el escritor que le había dado la receta de la cebolla rellena y el artículo desactualizado. Quedó en recogerlo al mediodía en la puerta del diario *El País*.

No había dejado de llover desde el día anterior. Las gotas eran gruesas, frías, impulsadas contra el parabrisas del taxi o cualquiera de sus costados por un viento voluble que había derribado cuatro árboles en distintos puntos de la ciudad. Uno de ellos había caído sobre un autobús, provocando heridos de diversa consideración. Lo dijeron en el boletín informativo de las once. Dijeron también que la investigación sobre la muerte del dueño de la empresa en la que había trabajado Lucía había dado un giro positivo al encontrarse el teléfono móvil de la víctima en las cercanías del descampado donde fue hallado su cuerpo. Estaba en muy mal estado, pero la policía científica confiaba en rescatar al menos parte de la información de su memoria interna. De ser así, quizá podrían reconstruir también los últimos movimientos del muerto.

Lucía palideció e hizo cálculos. Si averiguaban el trayecto efectuado por el taxi desde donde recogió al cabrón hasta el descampado en el que se deshizo de él, podrían revisar todas las cámaras de ese recorrido en cuyas grabaciones aparecería su coche. Sintió una punzada de miedo en el vientre, un poco por encima del tatuaje, que le impidió continuar la cadena algorítmica. Entre unas cosas y otras, llevaba varios días en los que le costaba establecer diagramas de flujo correctos e imaginar que conducía por Pekín. No era capaz de concebir aquella ciudad bajo la lluvia. ¿Dónde se metían los pájaros cuando llovía de este modo, y con aquel frío?

Ricardo la esperaba en la puerta del periódico, bajo un paraguas negro como el que ella había imaginado siempre para Braulio Botas. Se preguntó por qué no estaba dentro, vigilando la llegada del taxi a través de la amplia cristalera.

Finge que sale del periódico, pensó.

Inmediatamente se le ocurrió la posibilidad de que fuera un policía que investigaba la muerte del cabrón de su exjefe. Le vino a la memoria el instante en el que había abandonado el cuerpo, en plena oscuridad, muy lejos de los zombis reunidos en torno a las hogueras. Habrían visto, quizá, la silueta de un coche, tal vez la de una mujer bajando de él para deshacerse del paquete... Pero de ahí a citar un automóvil concreto o a una conductora determinada... Pero estaba el asunto del teléfono móvil, en el caso de que fuera cierto y no una intoxicación policial para ponerla nerviosa. En todo caso, ella lo había dejado vivo, eso al menos creía. ¿Cuál era la pena por desembarazarse de un cliente drogado?

—¿Adónde vamos? —preguntó cuando Ricardo, tras cerrar el paraguas, se acomodó en el asiento de atrás.

—A comer —dijo él sacudiéndose las gotas de agua de los bajos de la gabardina.

—¿Cómo que a comer?

—Una apuesta es una apuesta. La perdí y te debo una comida. Si quieres no hablamos, me ignoras, como si no fuéramos juntos, pero las deudas de juego son sagradas.

Lucía, tranquilizada por este regreso a los asuntos de la vida cotidiana, sonrió, arrancó el coche y puso rumbo al chino de Legazpi, dispuesta a no darle más vueltas al asunto. De vez en cuando se miraban a través del retrovisor y rompían a reír. En uno de estos intercambios, le pareció que Ricardo vigilaba el taxímetro.

—Oye, oye, que he bajado la bandera al entrar en Miguel Yuste —dijo ella.

—No he dicho nada.

—Pero miras el aparato como si te estuviera engañando.

—No es cierto, no sé si serás así con todo el mundo, pero conmigo te pones un poco paranoica.

—Si tu trabajo consistiera en llevar siempre a alguien detrás, ya veríamos cómo te ponías tú.

—Bueno, no estás siempre con alguien detrás, ya te gustaría.

139

—Cuando vas de vacío es peor, porque te observa el cliente que no llevas. El cliente que no llevas puede ser un encanto o un asesino, depende del día con el que te hayas levantado.

—¿Y hoy cómo te has levantado?

—Hoy, un poco siniestra, por la lluvia y el frío. Pero luego pensé que algo iba a suceder y, mira, ha sucedido.

—¿El suceso soy yo?

—El suceso somos tú y yo. La mezcla.

Aunque trataba de mostrarse desenvuelta, percibía en Ricardo una falta de naturalidad que el cuerpo de ella traducía en fugaces ataques de pánico. Desde la aventura con el canceroso, en el Palace, no había vuelto a acostarse con nadie, y aunque había pasado épocas más largas de su vida sin hacerlo, pues sabía cómo autosatisfacerse, le seducía la idea de estar unas horas de aquel día desapacible abrazada a alguien, incluso a un enemigo.

—Te dejo en la puerta del restaurante para que no te mojes —dijo—, yo voy a aparcar, así que me llevo el paraguas. Es una tontería que nos mojemos los dos.

—Vale —accedió él—, siento que no lo hagamos al revés, pero supongo que no puedo conducir el taxi sin licencia. Además, tampoco tengo carné de conducir.

—Entonces sobran las especulaciones —concluyó ella deteniendo el coche frente al restaurante—. Pero abóname la carrera antes de bajarte, que después de comer me ablando y se me pasa.

—¿Prefieres tarjeta o metálico? —rio él.

—No es lo que prefiera yo, es lo que prefieras tú. Todavía conservo, por cierto, el billete de cincuenta euros con el que me pagaste la última vez.

—¿Para qué?

—Para dárselo a un pobre.

Ricardo pagó en metálico.

Lucía abandonó el parking público, abrió el paraguas y caminó pegada a la fachada de los edificios, evitando los charcos formados en el suelo. A medio camino, se le ocurrió la idea de darle plantón y regresar al coche, ni siquiera sabía su apellido. Y su nombre podría ser falso. Había una diferencia entre las fuerzas que la empujaban hacia delante y las que le aconsejaban retroceder: las que le aconsejaban retroceder eran retóricas.

El restaurante era, en efecto, muy popular, de modo que no habrían encontrado mesa si Ricardo no hubiera hecho la reserva con antelación. ¿Con cuánta antelación?, se preguntó Lucía.

—¿Cuándo reservaste? —dijo mientras tomaba asiento.

—Anteayer.

—Así que hace dos días hiciste para mí planes que no me has comunicado hasta esta mañana.

—No empieces a buscar motivos para enfadarte. A lo mejor había quedado con otra persona que no ha podido venir a última hora.

—Pues lo estás arreglando.

—Vale, pensé que si te lo decía con dos días de adelanto, tendrías dos días para arrepentirte.

—¿Y eso te daba miedo?

—Sí. Porque me gustas mucho, ya lo sabes.

Lucía llevaba ese día el moño de bailarina, además del jersey y el chaleco de ante que vestía la tarde que se encontró con el canceroso. Por eso, pensó, le había venido a la memoria un rato antes. ¿Qué habría sido de él? Decidió que le llamaría en algún momento.

—¿Qué piensas? —preguntó Ricardo.

—Me estaba acordando del último hombre con el que me he acostado. No averigüé ni cómo se llamaba ni a qué se dedicaba. Lo recogí en la puerta del Palace para llevarlo a la T-4, y al escuchar *Turandot* se echó a llorar. Acababan de diagnosticarle un cáncer.

—¿De qué?

—Tampoco quise averiguarlo. Se lo habían diagnosticado en Madrid, aunque vivía en Barcelona. Me pidió que lo llevara al Puente Aéreo, pero a la altura de Colón di la vuelta y regresamos al hotel. Pasamos juntos la tarde y la noche, y al día siguiente lo dejé en el aeropuerto. No he vuelto a saber nada de él.

—¿Cuánto hace de eso?

—Unos dos meses.

—Entonces se ha muerto.

—¿...?

—Si no, te habría vuelto a llamar. Los tíos, cuando una cosa nos sale bien, repetimos hasta que sale mal.

Lucía lo miró con incredulidad.

—¿Eso lo has dicho tú o el vino?

—Solo he bebido un par de copas. ¿Está o no está bueno el bogavante?

Habían llegado al segundo plato sin abandonar la esgrima verbal que era una constante desde que se conocieran. Lucía prefirió no beber.

—Luego tengo que conducir —se excusó.

—Mujer, solo una copa.

—Me juego la licencia. Pero llevabas razón, el bogavante es insuperable. Creo que es la primera vez que lo como.

—Cuéntame cosas del taxi.

—¿Qué cosas?

—¿De qué habla la gente, por ejemplo?

—¿Conmigo o entre sí?

—Da igual, contigo o entre sí.

—Por lo general de nada.

—¿Cómo que de nada?

—Pues lo mismo que tú y yo ahora. ¿De qué hablamos? De nada.

—¿No lo ves? Esa es una buena idea. Miles de millones de personas hablando a lo largo y ancho del mundo sin decirse nada. Lo voy a anotar para uno de mis artículos desactualizados.

143

Ricardo sacó el móvil y escribió en él a toda velocidad utilizando los pulgares.

—Pero tienes que imaginártelos bien a esos miles de millones —añadió Lucía—. Están en restaurantes, en bares, en parques, en calles, en cuartos de baño, en los salones, en los dormitorios, en el metro, en el autobús, en los coches de línea, en los trenes, en los tanatorios, a ver, dónde más, en las oficinas de correos, en los supermercados, en los urinarios públicos, en los cuartos de los hoteles, en los museos... ¿En los museos se puede hablar por teléfono?

—Supongo que sí, me estás acojonando.

—Pues en los museos también. Todos esos millones con el teléfono pegado a la oreja hablando de nada con otros tantos que escuchan desde el otro lado. Y no solo en español, como nosotros ahora, sino en cientos o miles de idiomas. ¿Cuántos idiomas hay?

—Ni idea.

—No sabes nada. El otro día, ya que me preguntabas, cogí en el aeropuerto a una pareja de unos sesenta años. Rusos, eso me pareció. Iban al Ritz y no dejaron de hablar en ruso todo el tiempo, pero noté perfectamente, por sus caras, que hablaban de nada. Los matrimonios son lo que más hablan de nada. Quiere decirse que a los que hablan por teléfono tendríamos que añadir los presenciales, que por lo general tampoco hablan de nada, aunque hablen en chino, como todos estos que nos rodean.

Miraron a su alrededor y advirtieron que eran los únicos occidentales del restaurante. Eso estimuló a Lucía, que por un momento recuperó la fantasía asiática.

—¿Cómo sabes tanto de la gente? —dijo Ricardo.

—Por la observación.

—¿Y si tú y yo lográramos hablar hoy de algo?

—Sería un acto heroico. ¿Dónde?

—En tu cama.

Lucía se metió en la boca el último trozo de bogavante y miró largamente a Ricardo.

—¿Te levantarías cada poco a tomar nota de lo que digo?

—Te juro que no.

—Está bien, voy a correr el riesgo porque no me pareces un tipo peligroso. No digo que no tengas algún peligro, tienes varios, pero están todos contrarrestados por la cobardía.

—¿Crees que soy cobarde?

—Eso, en algunas personas, es una virtud.

—Insisto, ¿cómo sabes tanto de la gente?

—Por la observación, ya te digo.

—¿Entonces dónde vamos?

—A mi casa —dijo Lucía—. Prefiero un territorio seguro.

—No puedo creérmelo.

—Tienes razones para que te parezca un milagro.

Después de que Ricardo pagara la cuenta, Lucía decidió que iría ella sola a por el coche, con el paraguas de él, y lo recogería a la puerta del restaurante.

145

—De eso nada —dijo Ricardo—, seguro que me dejas plantado y encima te quedas con el paraguas. Vamos a por el taxi juntos, aunque me moje yo más que tú.

Y así lo hicieron, iniciando, con la excusa de la lluvia, las primeras aproximaciones físicas.

—Júrame una cosa —dijo ella.

—Lo que quieras.

—Que no vas a ponerte mezquino.

Llegaron a la casa de Lucía medio empapados y entraron riendo en el salón, presidido por la enorme jaula de Calaf II.

—¿Y este pájaro? —preguntó Ricardo.

—Es para que te saque los ojos si te portas mal.

Lucía entró en el baño, se arregló un poco y salió desnuda excepto por una gasa que se había colocado sobre el tatuaje, sujetándola con un esparadrapo trasparente. Se trataba de un regalo exclusivo para Braulio Botas y no estaba dispuesta a que lo viera alguien antes que él.

Ricardo la esperaba junto a la cama en mangas de camisa, un poco vacilante. No vio la gasa porque no se atrevió a bajar la mirada.

—¿Te desnudo yo, pequeño? —dijo Lucía.

—Vale —dijo él.

Apenas le puso las manos encima, Ricardo dio rienda suelta a una excitación que parecía de semanas o de siglos.

—Un poco de orden —sugirió ella inútilmente, pues resultó ser un tipo poco complejo, lo que la decepcionó en parte y la liberó en parte de los miedos que había depositado en él.

Mientras follaban, ella debajo y Ricardo encima, la lluvia golpeaba los cristales de la ventana como si el agua cayera horizontalmente.

—¿Qué esto? —preguntó él al llevarse la mano a los genitales y rozar la gasa, de la que la excitación le había impedido percatarse.

—Un tatuaje que no puedes ver. Anda, sigue.

Tras unos cuantos ejercicios de rutina, unos más intensos que otros, pero todos muy por debajo de las expectativas de Lucía, se quedaron dormidos, él abrazado a ella como el paquete de una moto al conductor. Lucía se despertó sobre las siete y comprobó que tenía la gasa desprendida. Era noche cerrada. Se levantó y fue al baño a cambiársela. Luego, sin echarse nada encima, atravesó el dormitorio y fue al salón para mostrarse desnuda ante Calaf II. Lo hacía con frecuencia, un poco turbada, como si se entrenara para el momento en el que se desnudara para Botas.

—Voy a ver si este gilipollas se queda toda la noche —dijo al pájaro—. Con este tiempo me dormiría abrazada a cualquier cosa.

Cuando regresó al dormitorio, él abría los ojos. La observó con extrañeza.

147

—Me miras así porque no sabes si debería gustarte o no —dijo Lucía.

—¿Debería?

—Soy una falsa delgada y eso desconcierta mucho a los hombres —dijo ella regresando a la cama.

—Explícate —dijo él abrazándola.

—Soy gorda, pero parezco delgada. Llevo años moviéndome entre las personas delgadas sin que se den cuenta de que soy gorda. Como un agente secreto. Como una espía. Cuando voy en el taxi, miro a las gordas y les digo mentalmente: soy una de vosotras, pero ni vosotras lo sabéis. Y a las delgadas les digo: no soy una de vosotras, pero lo parezco. Me gustan las películas de espías porque el espía vive en un mundo que no es el suyo sin que nadie lo advierta.

—Ahora sí que me empiezas a dar miedo —dijo él.

—Si te quedas a dormir, te preparo unos espaguetis con tomate.

—Ya me gustaría, pero me resulta imposible.

De hecho, miró la hora y se asustó o fingió asustarse. Ella le dejó ir.

—Te llamo —prometió al despedirse.

—No tengas prisa —dijo ella.

Lucía abrió la jaula del pájaro, que salió y fue a posarse en la percha que le había comprado para que tuviera más libertad de movimientos. Sentada en el sofá, con el móvil en la mano, repasó cuanto había hablado con Ricardo, buscando algo que lo delatara como policía, pero no halló nada. Percibía en él algo oscuro, turbio, pero no parecía que estuviera relacionado con ese asunto.

Luego buscó en la agenda al canceroso y tras aparecer su número en la pantalla, dudó unos segundos antes de dar la orden de marcar. El timbre de llamada sonó cuatro veces. Lo descolgó una mujer.

—¿Sí? Dígame.

—Buenas tardes —dijo suponiendo que en la agenda del canceroso ella figuraría como taxista o como taxista de Madrid. Decidió arriesgar—: Soy taxista, en Madrid, y la persona que tenía el móvil que he marcado era cliente mío. Me llamaba cuando venía a Madrid para que lo llevara de un sitio a otro, pero hace tiempo que no sé nada de él. ¿Es usted su mujer?

Se escuchó un sollozo al otro lado:

—Soy su viuda.

—No sabe cómo lo siento.

—Murió ayer, lo estamos velando hoy.

—Lo lamento de verdad. Era el cliente más educado que he tenido.

—Gracias.

—De nada.

Lucía trató de representarse al hombre dentro del ataúd. Lo vio amortajado con el mismo traje del que ella lo había liberado en la habitación 101 del Palace. Imaginó que en uno de sus bolsillos palpitaba la tarjeta que le había dado con su nombre y su número de teléfono. Imaginó la tarjeta enterrada, deteriorándose por la humedad y el frío.

Segunda parte

1

Habían pasado tres meses desde que se hiciera el tatuaje. Noventa días de un invierno excepcionalmente frío en medio de los cuales las navidades se manifestaron como una adversidad climatológica más. No obstante, Lucía comprobó con alivio que atravesándolas en el taxi dolían menos que cuando las hacía a pie, sobre todo si la recaudación diaria doblaba la de las jornadas normales. Durante aquellos días febriles en los que, lloviera o hiciera sol, la gente se lanzaba a la calle a comprar, presa de una excitación puramente mecánica, llegó a dominar el callejero de Pekín, que cada día se acomodaba más al de Madrid. De un modo misterioso, los ejes de las dos ciudades, tan alejadas entre sí, y tan distintas de carácter, coincidían en lo esencial del mismo modo que dos gemelos separados sufren o gozan de lo que le ocurre al otro y en el mismo instante que él.

Utilizaba como navegador la aplicación del teléfono móvil, donde por lo general tenía seleccionado el mapa de Pekín. Curiosamente, ningún pasajero se daba cuenta, o no decía nada, hasta que en cierta ocasión cogió a un cliente chino que trabajaba en la embajada. Al observar el mapa y ver el maquillaje de Lucía dio muestras de una extrañeza festiva que ella trató de despejar con la excusa de que iba escuchando *Turandot*.

—Para ambientarme —dijo.

El chino, que no conocía la obra de Puccini, aseguró que se haría con ella.

La noche de fin de año salió a trabajar e hizo una media de dos carreras por hora. Al amanecer, de vuelta a casa, descubrió a un adolescente llorando en medio de su calle, que estaba desierta. Rebasó al chico, lo observó por el retrovisor y dio marcha atrás hasta colocarse de nuevo a su altura. Bajó la ventanilla.

—Eh, chico, ¿qué te pasa? —preguntó.

—Nada —dijo el crío volviendo la cabeza.

—¿Cómo que nada? ¿Entonces por qué lloras?

—Por nada —insistió.

—Anda, ven —dijo ella en tono consolador.

El chico se acercó a la ventanilla del coche limpiándose los mocos con la manga de la cazadora.

—¿Qué quieres? —dijo.

—¿Qué quieres tú? —dijo ella.

—No lo sé.

—Sube.

El muchacho se acomodó en el asiento del copiloto, tal como le indicó Lucía, que arrancó el coche tras pedirle que se pusiera el cinturón de seguridad.

Circularon un rato en silencio, mientras el joven se calmaba. Lucía le calculó mentalmente la edad: dieciséis o diecisiete años.

154

—¿Cuántos años tienes? —preguntó.

—Dieciocho.

—Entonces puedo abusar de ti sin que me acusen de perversión de menores.

El chico, que ya había dejado de lloriquear, se puso pálido y miró a Lucía con una mezcla de pánico y deseo.

—No te asustes —lo tranquilizó ella colocándole la mano brevemente sobre el muslo—. Soy tu hada madrina.

El muchacho cambió de postura, para dejar sitio sin duda a la erección.

—Una noche de fin de año decepcionante, ¿no? —dijo Lucía.

—Sí —replicó él.

—Todas lo son, pero de vez en cuando surge el milagro.

—¿Qué milagro?

—Yo soy el milagro. ¿Dónde vives?

El chico le dio una dirección de Vallecas que Lucía buscó en el mapa de Pekín. Luego le pidió que mirara el navegador del móvil, sujeto por un soporte especial al salpicadero.

—¿Qué ves? —le preguntó.

—No sé, aquí pone Pekín.

—Porque es un mapa de Pekín, idiota.

—¿Un mapa de Pekín?

—Estás viendo un mapa de Pekín porque nos hemos trasladado allí milagrosamente. Olvídate del puto Madrid que te ha hecho llorar. Yo soy una princesa china, ¿no me has visto los ojos? Mi nombre es Turandot.

—Sí —dijo el chico en tono neutro, un poco asustado todavía.

—Llámame así. Dime: «Hola, Turandot».

—Hola, Turandot.

Rodaron en silencio durante veinte minutos más, atravesando la ciudad desierta. Al entrar en el barrio, el chico fue indicando a Lucía qué calles tomar para llegar a su casa.

—Pekín está lleno de rincones —dijo ella dirigiendo el coche con soltura por aquel retículo de callejuelas húmedas y vacías.

—Sí —asintió él, todavía fluctuando entre la excitación y el miedo.

Lucía volvió la cabeza buscando su mirada.

—¿Llegamos o no? —preguntó.

—Sí, mi casa está ahí mismo, es esa, la del portal con los cristales rotos.

Lucía detuvo el coche en un hueco. Luego, pasó el brazo derecho por encima del hombro del chico, lo atrajo hacia sí y le dijo:

—Puedes jurar que ninguno de tus amigos habrá inaugurado el año mejor que tú.

Dicho esto, se inclinó sobre su rostro y lo besó en la boca, que le supo a boca, sin más. El chico se dejó hacer durante unos instantes, pero luego su lengua fue en busca de la de Lucía y ambas se estimularon mutuamente, cambiando de cavidad mientras los labios confundían sus límites. Las manos del chico fueron enseguida a los pechos de la taxista y apenas había empezado a acariciarlos cuando se corrió en los pantalones con un gemido como de alguien que acabara de nacer. Quizá acababa de hacerlo.

Lucía separó su rostro.

—Perdona —dijo el chico, avergonzado.

Ella sonrió acariciándole la cabeza.

—El milagro eres tú —le dijo—, anda, baja, vete a casa y métete en la cama. No le cuentes esto a nadie, guárdalo para ti. Guárdalo durante toda la vida como algo exclusivamente tuyo, incomunicable y tuyo. Como, si en vez de haber sucedido, lo hubieras imaginado.

—Vale —murmuró el chico.

—Espera, ven —le dijo cuando ya estaba en la acera.

El muchacho se acercó y Lucía le dio el billete de cincuenta euros de Ricardo, que había reservado para dárselos a alguien que los necesitara más que ella.

Luego aguardó hasta verlo entrar en el portal y arrancó el coche.

No había vuelto a saber nada de Roberta desde la visita a Toledo, poco antes de las navidades. Tuvo en algún momento la tentación de llamarla, pero no lo hizo por timidez. Pensaba que quizá había tomado por una relación de amistad lo que para

Roberta no era sino una relación proveedor-cliente. Ricardo había desaparecido también, quizá decepcionado por el último encuentro o temeroso de comprometerse en una historia que a la larga le trajera problemas.

En todo caso, o no era un policía o la había descartado como sospechosa.

En cuanto a Braulio Botas, se resistía a manifestarse, pero continuaba escrito que era una cuestión de tiempo que apareciera en una esquina, buscando con sus ojos de pájaro un taxi libre.

Cada noche, al volver a casa, Lucía se desnudaba delante del espejo para comprobar que el tatuaje seguía intacto en la ladera de su monte de Venus, como uno de esos regalos cuya entrega se demora y al que conviene cambiarle de vez en cuando el envoltorio. El envoltorio era la ropa interior, que fue renovando a medida que el tiempo pasaba sin que se produjera el anhelado encuentro.

Era febrero, pues, finales de febrero, y los días no habían dejado de crecer desde mediados del mes anterior, y en los árboles, incluso en los más dañados por la contaminación, habían aparecido los primeros brotes y las primeras flores, y los vencejos estaban tomando de nuevo la ciudad y cada día iba a suceder algo que no acababa de pasar. Pero ella no bajaba la guardia nunca frente a la eventualidad de que ocurriera. Siempre llevaba el pubis perfectamente rasurado, para que se leyera bien el título del aria, además de una ropa interior digna

de ese obsequio. Siempre se maquillaba con idén-
tlco esmero y se perfumaba con discreción. Siempre llevaba puesta en el reproductor del coche la
ópera de Puccini, como una bala en la recámara.

2

En su corta carrera de taxista había aprendido que había pasajeros que no eran pasajeros. Se subían al coche, sí, e iban de un lado a otro, pero no eran pasajeros en un sentido estricto. Se trataba de gente misteriosa, oscura, transmisora de un malestar indefinido, que dejaban en el coche una atmósfera turbia difícil de eliminar. Había distintas clases de no pasajeros, aunque no habría sabido señalar lo específico de cada variedad. En todo caso, aquel era un no pasajero. Había tomado el taxi a primera hora de la mañana, cuando Lucía salía del garaje de su casa, como si la hubiera estado esperando. Era un hombre de unos cincuenta años, no muy aseado, con barba de tres o cuatro días y una cazadora barata.

—Buenos días, señor, usted dirá —saludó Lucía.

—Vamos a Julián González Segador —dijo el no pasajero.

Lucía acusó el golpe, pero no dio muestras de ello.

—¿Al Complejo Policial de Canillas? —preguntó.

—Eso mismo —certificó el hombre.

Un policía, se dijo, un policía que quizá estaba ejerciendo de policía. Aparentó indiferencia mientras le daba vueltas al modo de iniciar una conversación casual. ¿O sería más sensato no hacerlo?

—Distingo a un policía enseguida —dijo al fin.

—Y yo a un bombero, si va vestido de bombero.

—Pero usted va de paisano.

—Un tipo de paisano que se dirige al Complejo Policial de Canillas.

—Bueno, es verdad —concedió ella—, aunque no se me ha ocurrido por su destino, sino por su aspecto. Viste usted como Al Pacino en una película en la que hacía de policía. No me viene ahora el título.

—No la he visto —informó secamente el hombre.

—Pues estaba muy bien.

—¿Y usted es china o se lo hace?

—Ja, ja. Me lo hago. Por *Turandot.* ¿Le gusta la ópera?

El tipo era duro. Daba la impresión de buscar algo.

—¿Siempre fue taxista? —preguntó en vez de responder a la pregunta de Lucía.

—No, solo llevo unos meses en esto.

—¿Y antes qué hacía?

—Era analista de sistemas, bueno, programadora, en una empresa de informática que quebró.

—¿La del tipo que apareció muerto en un descampado?

—Eso dijeron. ¿Saben ya qué pasó?

—Estamos en ello.

—Suerte.

—Usted, en el taxi, cogerá a todo tipo de gente.

Aquello empezaba a parecer un interrogatorio.

—Pues sí —dijo Lucía.

—Hmmm.

—Ayer cogí a un domoterapeuta. ¿Sabe qué es?

—Ni idea.

—Un sanador de casas.

—¿Y eso?

—Un sanador de casas enfermas, se entiende.

No era verdad. Lo había escuchado en un programa de madrugada de la radio. Había gente que se dedicaba a eso.

—¿Y cómo se nota que una casa está enferma? —preguntó el policía.

—Bueno, ellos lo saben. A veces es porque pasa por debajo una corriente de aguas fecales. A veces, porque ha sucedido una desgracia, no sé, en la cocina, por ejemplo, y el lugar queda impregnado de un dolor invisible.

—Ya —dijo el no pasajero—. Y, volviendo al tema de antes, ¿conoció usted al difunto?

—¿Al cabrón? En la empresa lo llamábamos el cabrón. Abría y cerraba negocios como el que abre y cierra la nevera. Pero no, lo vi un par de veces yendo de acá para allá, por el pasillo. Tenía su despacho en una planta y yo trabajaba en otra.

—Y si un día lo hubiera cogido en el taxi, ¿le habría dicho que era un cabrón?

—Yo soy muy profesional, trato a todo el mundo con el mismo respeto.

El policía pagó en metálico y abandonó el taxi sin despedirse.

Lucía se alejó unos metros, detuvo el coche e hizo frente a un ataque de ansiedad de tres o cuatro minutos de duración. Luego apagó la luz verde, puso el cartel de ocupado y se dirigió a Callao dispuesta a encontrarse con Roberta. Necesitaba hablar con alguien y no se le ocurrió otra persona. Nunca había entrado en su oficina, pero se presentaría allí diciendo que había decidido invitarla a desayunar para celebrar cualquier cosa que se inventaría por el camino. No le contaría nada de lo sucedido, claro, pero calculó que el mero hecho de verla y hablar rebajaría su angustia.

Ya en Gran Vía, a la altura de Chicote, vio dos espaldas que le resultaron familiares entrar en la cafetería del Hotel de las Letras. Una de las espaldas era de Roberta. La otra, de Ricardo, e iban juntas, rozándose. Instintivamente, giró a la derecha, metió el coche en el parking de Vázquez de Mella y salió sofocada al exterior.

Con la respiración entrecortada, confiando aún en haber sido víctima de una alucinación, cruzó Gran Vía arrollando a un vendedor de cupones que cruzaba en sentido contrario, lo que la obligó a detenerse unos segundos para ayudarle a levantarse.

—Me cago en tu alma —le dijo el ciego.

Mientras se acercaba con cautela a la cristalera de la cafetería, pensó en el alma como en una pompa de jabón llena de humo. No había alucinado: allí estaban los dos, Ricardo y Roberta, sentados a una mesa, riendo y charlando alegremente.

¿Qué le estaba ocurriendo a la realidad?

Aquello no sucedía en Pekín, ni en Madrid, ni en ningún otro lugar que pudiera localizarse en un mapa, a menos que se tratase de un mapa intangible, pues sucedía en una dimensión moral de la existencia, de su propia existencia. Trató de hacer mentalmente un algoritmo, porque los algoritmos la calmaban, pero ¿cuál era el dato de entrada con el que comenzar el diagrama de flujo?

De flujos vaginales, recordó.

Algo va a suceder dentro de lo que ya está sucediendo, se dijo. Y sucedió, porque en ese instante vio entrar en la cafetería a Braulio Botas por la puerta de enfrente a la de Gran Vía. Iba a cuerpo, con vaqueros y una cazadora de piel tostada a juego con los zapatos. Debajo de la cazadora, una camiseta negra con un dibujo que Lucía no alcanzaba a distinguir desde su posición. El camarero se acercó al grupo, tomó nota y se retiró. Una mujer pasó en ese instante cerca de Lucía con una niña de la mano. La niña lloriqueaba. La mujer le dijo que no se podía tener todo. Luego un hombre se detuvo a encender un cigarrillo cuya primera bocanada, tras recorrer sus pulmones y salir de nuevo al exterior, llegó al olfato de Lucía.

Camel, se dijo.

Una pareja pasó a toda velocidad, discutiendo. Ella decía: «Siempre he sabido que hacías agujeros en los condones».

El camarero volvió enseguida con tres consumiciones en tazas de café o té. Roberta, Braulio y Ricardo brindaron con ellas, dieron un primer sorbo, las dejaron sobre la mesa y siguieron charlando alegremente.

Por miedo a ser descubierta, y tras cerciorarse una y otra vez de que no había duda alguna acerca de la identidad de los tres, Lucía se dio la vuelta y comenzó el camino de regreso al parking. Cruzó de una acera a otra de Gran Vía por el mismo paso de peatones en el que había tropezado con el ciego. Mientras esperaba a que se pusiera verde, sintió en su cuerpo las primeras transformaciones físicas, pues le pareció que sus piernas, bajo los pantalones vaqueros, habían mutado en las patas de un ave. Atravesó la calle con los movimientos nerviosos, un poco erráticos, de un pájaro. Enseguida, su boca creció por el centro de los labios, que se endurecieron a la vez que se prolongaban, hasta convertirse en un pico de ave. Un pico invisible, al modo de esos miembros fantasmas que después de amputados continúan manifestándose de un modo u otro. De hecho, aunque estaba allí, no logró alcanzarlo al llevarse la mano a la cara. Miró en derredor, por si el resto de los transeúntes diera señales de notar algo de lo que ocurría, y le pareció que la evitaban, aunque sin mostrar una alarma excesiva. Vio el letrero de una farmacia, lo leyó con un ojo y con el otro, y continuó caminando hacia el parking con sus patas de pájaro ocultas bajo las perneras de los pantalones.

¿Podría conducir?

Ya sentada en el coche, se descalzó para comprobar si sus pies eran de mujer o de ave, y a la vista resultaron de mujer, aunque le pareció que los veía con los ojos de un pájaro. Probó a pisar los pedales del freno y del acelerador y se aseguró de que, no sin dificultades, resultaban practicables. Aun así, puso el motor en marcha con enormes precauciones y logró conducir hasta el garaje de su casa sin incidente alguno.

Cuando llegó al apartamento, se desnudó y fue a verse en el espejo, donde sus ojos contemplaron un cuerpo de mujer, pese a que la percepción interna era la de un ave. Tenía un pico curvo, muy duro, capaz de desgarrar la pared del vientre de un hombre y extraerle las entrañas. Se vio haciéndolo sobre el cuerpo de Braulio Botas. Lo de la extracción de las entrañas le venía de algo que, documentándose sobre pájaros, había leído en internet acerca de Prometeo, un héroe griego condenado a que un águila le comiera el hígado eternamente, ya que se le regeneraba sin pausa. Imaginó a Braulio Botas, encadenado a su cama, y a ella hurgándole con su pico en busca de esa víscera mientras sonaba *Turandot* en el reproductor.

—¿Por qué esa condena? —preguntó de súbito Calaf II sin que Lucía mostrara problema alguno para entenderle.

—¿Qué condena? —preguntó Lucía.

—La de Prometeo.

—Creo que había robado el fuego a los dioses —respondió.

No llegó a saber si hablaba con el pájaro mentalmente o a través de sonidos, pero lo cierto es que se entendían sin dificultad.

—Estás agotada —le dijo el ave desde su percha.

—Sí, necesito dormir —dijo ella.

—Deja abierta la ventana del salón y vete a la cama.

Lucía obedeció al pájaro y al poco estaba entre las sábanas, de lado, para no dañarse las alas, y en posición fetal. Antes de que se le cerraran los ojos, realizó unos cálculos.

Dato de entrada, se dijo: Roberta, Ricardo y Braulio Botas eran amigos. Roberta y Ricardo, posiblemente, más que eso. Roberta les había contado que había conocido a una taxista muy pintoresca, enamorada del actor, que conducía por Madrid disfrazada de china y escuchando continuamente *Turandot*.

—Una loca —habría concluido.

Luego les había dado a ambos el teléfono de la taxista, del que hasta el momento solo había hecho uso Ricardo, para que pasaran un buen rato escuchando sus majaderías. Botas se mantenía oculto, resultaba imposible saber si de momento o para siempre. Tal vez, cuando los vio en el bar del Hotel de las Letras se reían de ella y animaban al actor a conocerla también, valía la pena.

—De verdad, no puedes perdértela —imaginó que le decían.

Había caído, pues, en una trampa de personas cultas de la que ahora no sabía cómo escapar. Se veía agitando las alas y las patas en el interior de una red invisible cuyos nudos dañaban su plumaje. De este modo, agitándose, en lo que tenía de ave, y abatida por una fiebre de mujer que seguramente habría superado los límites de un termómetro convencional, cayó en un estado de estupor desde el que se precipitó en un sueño repleto de túneles inmateriales, aunque oscuros, como las galerías más profundas de la conciencia.

Horas después, quizá días después o siglos más tarde, no habría podido precisarlo, notó que le hurgaban entre los labios y abrió los ojos, todavía cargados de fiebre, para ver a Calaf II introduciéndole algún tipo de alimento en la boca.

—Sabe a verde —murmuró ella.

—Trágatelo y vuelve a dormir —le ordenó Calaf II.

Así lo hizo. Durmió sin soñar, como debía de ser el sueño del gusano mientras se convierte en mariposa. De vez en cuando, Calaf II la despertaba brevemente para introducirle hasta la garganta alguna oruga, o algún trozo de masa, quizá pedazos de pan previamente digeridos en su propia saliva.

Mientras dormía y la fiebre oscilaba caprichosamente entre alturas que la hacían arder o profundidades que la obligaban a tiritar, se completaba la metamorfosis. Así, un día, en la segunda semana de marzo, despertó en medio de un charco de sudor frío y salió de entre las sábanas convertida en un águila poderosísima. Su cuerpo visible seguía siendo de mujer, pero su cuerpo fantasma era de ave. Y ninguno resultaba incompatible con el otro. Notó, eso sí, que tenía que recalcular las distancias respecto a sí misma y a la realidad, pues en ocasiones trataba de alcanzar con el cuerpo fantasma algo tangible, o al revés, provocando malentendidos corporales que ahí fuera, en la calle, podrían resultar catastróficos. Por eso tardó en salir aún varios días, que empleó en hacer prácticas en el apartamento bajo la mirada atenta de Calaf II, que aprobaba o desaprobaba sus ejercicios porque el problema de él, según explicó a Lucía, era el contrario: poseía un cuerpo visible de pájaro y uno fantasma de hombre.

—¿Durante mi sueño hemos copulado? —preguntó Lucía.

—Tal vez —rio él.

Una vez que comprendió a fondo las posibilidades y los límites de los dos cuerpos, podía permitirse andar con sus piernas de mujer y alzar ligeramente el vuelo con sus alas de águila. Reía cada vez que rozaba el techo del apartamento y se dejaba caer de forma suave.

Antes de incorporarse a la vida, revisó las llamadas y mensajes del móvil, por si tuviera alguno de Roberta o Ricardo. Tal como esperaba, la diversión había concluido.

3

Volvió al taxi sin el maquillaje de china, para que cuando Braulio Botas levantara la mano en una esquina de la ciudad, reclamando sus servicios, no la reconociera de inmediato como la loca de la que sin duda le habían hablado. Y aunque habían sido vecinos, Lucía pensaba que su breve encuentro con la excusa de la gotera no habría dejado en él, al contrario que en ella, herida alguna. De otro lado, su conversión de mujer en mujer pájaro había provocado cambios muy profundos también en su constitución física. Ahora era una delgada verdadera y su rostro se había afilado tanto o más que el de su madre en el lecho de muerte. También se había cortado la melena, dejándose el pelo muy corto y peinado hacia atrás de tal modo que evocaba el plumaje de la cabeza de un águila. De vez en cuando le venía a la memoria el asunto del cabrón de su jefe. No había vuelto a tener noticias de la policía, pero en todo caso, desde su nueva posición de ave, le parecía una cuestión menor que desaparecía de su cabeza a la misma velocidad a la que entraba.

Vestía unas ropas normales, pues su vigor ya no procedía del aderezo externo, sino del ave en que había mutado. Los órganos del cuerpo de mujer y de pájaro se entretejían de tal modo que a veces la cabeza de aquella descansaba y tomaba el mando de los dos cuerpos la del animal. Ahora mismo, por ejemplo, mientras sus pies de humana atienden a los pedales del automóvil y sus manos de cinco dedos sujetan el volante, sostiene sobre los hombros la cabeza de un águila, con su hermoso plumaje, sus ojos avisados, su pico de acero. El cliente que lleva en el asiento de atrás no nota nada porque el cuerpo de pájaro es invisible e intangible, aunque tan categórico como el viento que derriba árboles sin que los ojos lo perciban o las manos lo atrapen.

Lo acaba de recoger en Reina Victoria, a la altura del viejo edificio de la Cruz Roja, y tras solicitar a la taxista que lo lleve a Moncloa ha sacado el móvil del bolsillo y no para de discutir (con su mujer, deduce Lucía) acerca de un agujero que ha aparecido en el parqué del salón.

—¿Un agujero en el parqué del salón? —ha preguntado él.

Lucía ignora la respuesta de ella, aunque la voz de la mujer llega a su oído derecho en forma de ruidos microscópicos, muy agudos y desarticulados, como si pisaran los restos de un vaso roto con la puntera de una bota.

—No hay ratones en el edificio —concluye el hombre—; en todo caso no puedo hacer nada desde Barcelona.

Cuando cuelga, se dirige a Lucía con una sonrisa exculpatoria:

—Perdone, no me he vuelto loco, es que mi mujer cree que estoy en Barcelona.

—No se apure, yo estoy en Pekín. Mire el navegador.

El cliente adelanta la cabeza y observa el mapa. Lucía siente que podría volver el rostro a la velocidad de la luz y arrancarle media mejilla con la punta del pico.

—¿Y eso de Pekín? —dice el pasajero regresando a su posición.

—¿Y eso de Barcelona? —replica Lucía.

El hombre ríe con expresión golfa.

—Mi cana al aire mensual.

—Ya veo.

Quizá piensa que la taxista es seducible. De hecho ha comenzado a valorar su físico pero le da miedo seguir adelante porque ha observado sus ojos a través del retrovisor y ha visto en ellos un brillo animal inesperado. Es la primera vez que Lucía comprueba el efecto de su mirada de ave sobre un espécimen humano. Sonriendo hacia dentro con sus labios de mujer, se vuelve ligeramente hacia el pasajero con su cabeza de águila:

—Le doy un poco de miedo, ¿verdad?

—Miedo, no. ¿Por qué? —disimula él.

—Usted sabrá. Me ha parecido que se retraía.

Lucía percibe que el pasajero está sufriendo una erección provocada por un pánico de orden sexual, lo que despierta en ella su genitalidad de ave, que convive con la de mujer en sus entrañas como los mapas de Madrid y Pekín coexisten en el navegador o Madrid y Barcelona en la cabeza del cliente.

—¿Está usted teniendo una erección? —pregunta.

—¿Cómo dice?

—No se apure. El mundo está lleno de erecciones.

El pasajero que ha viajado a Barcelona sin necesidad de salir de Madrid para correrse una juerga empieza a echar de menos sin duda las complicaciones domésticas relacionadas con el agujero del parqué del salón, de modo que saca el teléfono y habla con su mujer. Le dice que ha decidido regresar antes de lo previsto, hoy mismo, en el Puente Aéreo, porque ya ha realizado la venta y le apetece dormir en casa.

Paga en metálico. Mucha gente paga en metálico para desprenderse del dinero negro.

Lucía arranca el automóvil. Está un poco excitada, de manera que enfila hacia la Ciudad Universitaria en busca de una calle desierta con la que da enseguida en las cercanías del Instituto Anatómico Forense. Aparca el coche, pone *Turandot* en el reproductor, busca el aria «*Nessun dorma*» y reclina el asiento. Ese día viste una falda antigua que sustituye a los vaqueros, que se le han quedado grandes. Se levanta la falda, pues, separa con la mano izquierda el tejido sutil del tanga y conduce la mano derecha al foco del ardor. Apenas lleva unos segundos estimulándose cuando percibe que los órganos que acaricia no son los de la mujer, sino los del ave, que resulta ser finalmente también la beneficiaria de un orgasmo bestial durante el que bate las alas con desesperación y abre el pico de acero cuanto le resulta posible para dejar escapar de sus entrañas un garlido que corta el silencio reinante como el desgarrón de un tejido de seda en medio de la noche y que coincide con los últimos versos del aria.

All'alba vincerò! Vincerò, vincerò!

De vuelta al centro de la ciudad, mientras el aria continúa sonando en el reproductor y en su cabeza, se ve volando en círculos sobre la plaza de Pekín, desde donde observa las cabezas empaladas de los pretendientes fracasados.

4

Aquel día de principios de abril, tras dejar a un cliente en la Puerta de Toledo, puso la radio para escuchar el informativo de las once pero no dijeron nada del asesinato de su exjefe. Al final del boletín, en unos minutos dedicados a las noticias culturales, informaron del inminente estreno de una obra de teatro protagonizada por Braulio Botas, al que a continuación entrevistaron brevemente.

—¿La obra se titula *Lo que sé de mí* porque se revelan en ella aspectos pocos conocidos de su propia vida? —preguntó la locutora.

—Bueno —respondió el actor—, al tratarse de una obra escrita y pensada para mí, contiene elementos autobiográficos. Siempre los hay en estos casos. Pero conviene no entender la afirmación de forma literal. Con frecuencia, lo autobiográfico se esconde detrás de lo más alejado de la existencia de uno.

—Pero ese título implica que hay cosas de usted que usted no sabe.

—Claro, en general somos muy ignorantes respecto a nosotros mismos. Por eso, lo que no se cuenta en esta obra tiene tanta importancia como lo que se cuenta. Es la teoría del iceberg de Hemingway. Según él, el 90 % de relato debe permanecer oculto, sustentando al 10 % visible.

—Llevaba usted mucho tiempo sin actuar. ¿Por qué?

—En parte, porque he estado dando unas clases de interpretación que me absorbían demasiado, aunque disfrutaba mucho con ellas. La enseñanza ayuda al actor a experimentar y adquirir un conocimiento más profundo del oficio. Pero en parte también porque no acababa de llegarme un texto con el que me identificara plenamente.

La locutora, tras comunicar que el estreno tendría lugar el jueves de la semana siguiente en la sala pequeña del Teatro Español, despidió al actor deseándole «mucha mierda».

Lucía detuvo el taxi donde no estorbara, tomó el móvil y entró en la página web del Teatro Español, donde comprobó que apenas había cuatro o cinco reservas para la obra interpretada por Botas. Quizá acababan de poner las entradas a la venta. Eligió una butaca de la primera fila, junto al pasillo, facilitó los datos de su tarjeta de crédito para cerrar la operación y continuó circulando. Tal vez, finalmente, no acudiera al estreno, tendría que pensarlo, pero le produjo un sentimiento de euforia saludable la mera posibilidad de hacerlo.

Ese día se retiró tarde porque había mucho movimiento en las calles e hizo una excelente caja. Cuando llegó a casa, Calaf II dormitaba en la percha.

—Buenas noches —dijo Lucía mentalmente.

El pájaro no respondió, pero emprendió un breve vuelo hasta la jaula desde cuyo interior él mismo cerró la puerta con el pico.

Lucía tomó de la nevera un filete de carne roja que desgarró con los dientes yendo de un lado a otro del apartamento. Antes de acostarse, entró en la página web del Teatro Español y comprobó que su butaca, en efecto, estaba reservada. Desde que emitieran la entrevista por la radio, se habían vendido unas doce o quince más. No mucho, pensó.

5

El día del estreno de *Lo que sé de mí* llegó al teatro una hora antes y deambuló por los alrededores como un agente secreto que comprueba anticipadamente el lugar de una cita clandestina. Las terrazas de los bares estaban llenas de gente, debido al buen tiempo. La primavera, tras el invierno gélido y lluvioso, mostraba un rostro amable. Lucía, que continuaba muy delgada, vestía una falda larga, estampada, una camiseta negra, de tirantes, y unas zapatillas deportivas. No llevaba nada de maquillaje en la cara ni de carmín en los labios. Cada siete u ocho pasos, daba un salto pequeño, ayudándose de las alas del águila fantasma, que estaba perezosa en el interior de la mujer. Observando su poca disposición, Lucía dejó de reclamarla y entró en el bar del teatro, que bullía de personas que habían acudido al estreno, algunas de ellas bastante conocidas por salir en la televisión. Se colocó al fondo, en el extremo de la barra, y pidió una botella de agua.

Cuando faltaba media hora para el comienzo de la obra, entraron en el bar, juntos y en animada charla, Ricardo y Roberta, que enseguida fueron abordados por parte de la gente que llenaba el recinto. Repartieron innumerables besos y estrecharon infinitas manos mientras se acercaban a la barra hasta quedar muy cerca de ella, a la que no reconocieron pese a que Lucía los observó con cierta impertinencia. Pidieron dos vodkas con tónica.

—Y unas patatas fritas —añadió Roberta—, estoy muerta de hambre.

—Por los nervios —dijo Ricardo.

Un cuarto de hora antes del comienzo, abrieron las puertas y Lucía fue una de las primeras en entrar. Le decepcionó un poco el tamaño de la sala, pero supuso que era el normal de los «circuitos alternativos» en los que, según le había dicho Roberta en su día, solía actuar Braulio Botas. Tampoco había telón, de modo que el único elemento del decorado, un taxi de Madrid colocado en medio del escenario, permanecía a la vista del público. Lo observaba todo, y a sí misma, con una calma como de domingo por la tarde que incluso a ella le produjo un poco de inquietud.

Llegada la hora, se apagaron las luces del patio de butacas, se encendieron gradualmente las del escenario y se abrió la puerta del taxi, de donde salió sorpresivamente Botas. Llevaba unos simples pantalones vaqueros y una camiseta oscura, de manga corta. Era, tal como lo recordaba Lucía, un auténtico hombre pájaro: delgado, frágil, con el pelo muy blanco y en perfecto desorden, como un ave que acabara de escapar de una tormenta. Lucía se estremeció al verlo avanzar hacia el proscenio, en cuyo borde se detuvo. Luego inclinó la cabeza hacia el suelo, como en un gesto de reverencia o de concentración, y enseguida levantó los ojos hacia el público hipnotizándolo con su mirada de ave. Durante unos segundos no dijo nada, lo que provocó en los espectadores una parálisis incómoda, pero eficaz desde el punto de vista de la tensión teatral. Nadie, durante esos instantes, se atrevió a carraspear o a moverse. A continuación, recorrió el escenario de un lado a otro con sus andares de garza o de flamenco, y finalmente confesó dirigiéndose a los espectadores:

—Aquí donde me ven, soy un falso delgado.

Se escucharon risas contenidas aquí y allá mientras el águila que dormía en el interior de Lucía empezaba a agitarse.

—Un falso delgado —continuó— no es un obeso oculto, no confundan. La obesidad oculta es un diagnóstico clínico, mientras que la delgadez falsa es un concepto metafísico.

En esto, cuando el actor estaba a punto de continuar su parlamento, apareció por uno de los costados una mujer que se metió como sin querer en el escenario.

—Perdón —dijo al comprender su error—, estaba buscando mi butaca y...

El público, ignorante todavía de si aquella entrada formaba parte o no del guion, rompió a reír, esta vez al unísono. La mujer permanecía paralizada, abrazada a un bolso grande y vulgar, de tela. Más que al teatro, parecía que había ido a la compra.

—Bueno, ya que está aquí, pase —concedió Botas tendiéndole la mano para que ocupara con él el centro de la escena.

Y luego, dirigiéndose al público añadió con solemnidad:

—Este es uno de esos curiosos momentos en los que la vida se cuela en la ficción. He aquí la vida —añadió señalando a la mujer—. Quien les habla es la ficción. Dicho de otro modo: tienen ustedes ante sí, por el mismo precio, a una persona y a un personaje.

El público permanecía en una inmovilidad solo comparable a su mutismo. Botas manejaba los silencios con una habilidad atronadora. Ahora miraba a la mujer, como esperando una respuesta suya. Pero la mujer, atenazada por el pánico, intentaba huir sin atreverse a hacerlo.

—Sáquenos de una duda —le rogó el actor—, ¿qué tiene que decirle la vida a la ficción?

La mujer tardó un poco en reaccionar. Al fin, titubeando, dijo:

—Preferiría decir lo que le diría la ficción a la vida.

—Adelante.

—Le diría: «¿Adónde vas con esas prisas?».

El individuo colectivo formado por el público rompió en una formidable carcajada que Botas acogió con expresión de disgusto, como si la mujer le estuviera robando el protagonismo.

—Ande, ande —dijo empujándola hacia las butacas—, regrese a la vida y deje la ficción a los expertos.

Mientras la mujer ocupaba una butaca vacía, las luces se atenuaron y Botas regresó a la posición inicial, como si, tras el incidente, se dispusiera a recomenzar la función. Entró, pues, en el taxi y volvió a salir de él realizando unos movimientos idénticos a los del principio.

—Es que antes de taxista —dijo— fui informático y cuando la realidad se estropea la reinicio.

El público rio y él calló unos segundos para dar tiempo a que el regocijo se contagiara de una butaca a otra.

—Cuando se estropea la ficción, también la reinicio —continuó—. Pero no se apuren, tendremos oportunidad de hablar de las relaciones entre la vida y la ficción, entre la persona y el personaje. Volvamos ahora al principio: había comenzado contándoles que era un falso delgado.

Entonces, las luces recuperaban la intensidad anterior mientras se colaban en el aire los primeros compases de *Turandot,* que Botas recibía con extrañeza.

—¿Escuchan eso? —dijo—. Esa música no pertenece a esta función, sino a la que están representando en la sala grande del teatro, aquí al lado, pero se cuela en esta como un producto que viniera de otra instancia separada de la nuestra por un tabique dimensional. Me ha trastornado porque yo, que detesto la ópera, me emociono sin embargo, y mucho, cuando la escucho a través de un tabique.

El público, completamente entregado, sin saber aún qué zonas del discurso formaban parte de la representación y qué zonas pertenecían a la vida, volvió a reír mientras el águila fantasma se desperezaba en el interior del cuerpo de Lucía.

A partir de ese instante, lo que la taxista escuchó fue lo que ella les había contado desordenadamente a Roberta y a Ricardo sobre sí misma. Botas, de forma hábilmente articulada, describió con todo detalle el día en el que, tras perder su trabajo como programador informático, al volver a casa, escuchó a través de la rejilla del cuarto de baño, procedente del piso de abajo, el aria «*Nessun dorma*», de *Turandot*.

—Me senté en el bidé y me puse a llorar —añadió—. Precisamente, acababa de cumplir la edad que tenía mi madre cuando murió.

A continuación reveló que su madre había sido una mujer pájaro y relató el día de su décimo cumpleaños, en el que la había visto salir a orinar al jardín y cómo un pájaro negro se había estrellado contra su cabeza. También cómo del pájaro había salido luego una especie de pompa de jabón llena de humo que se había colado en el cuerpo de su madre a través de su boca.

Contó que un día decidió conocer a la vecina que escuchaba a Puccini sin cesar, y describió la escena que Lucía y él habían representado, solo que él hizo el papel de Lucía. Dijo que esa vecina había desaparecido luego y que él llevaba meses dando vueltas con el taxi por Madrid o Pekín, no estaba seguro, a la espera de que esa mujer se subiera a su coche.

Al tiempo de relatar su historia, la de Lucía, como propia, Botas contaba el argumento de *Turandot*, uniendo hábilmente los hilos narrativos de las dos peripecias. Se explayó en la fantasía de conducir por Pekín, en vez de por Madrid, y el modo misterioso en el que los planos de las dos ciudades se confundían en su mente. Describió también la plaza de Pekín donde estaba situado el palacio de Turandot y habló de las cabezas empaladas que la adornaban y sobre las que los pájaros descendían para arrancar un párpado, o vaciar una cuenca de los pretendientes rechazados por la princesa china. Y cada uno de los materiales narrativos que salían de su boca estaba unido al anterior y al siguiente de tal manera que todos juntos daban lugar a un relato que mantenía al público absorto excepto cuando reía, lo que hacía a menudo, pues el perfil del personaje resultaba muy cómico en su ingenuidad. Entretanto, el águila despertó del todo y adoptó una postura sedente, sus garras clavadas en los brazos de la butaca y su rostro adelantado hacia el escenario respecto del de Lucía, como si la mujer se hubiera recluido dentro del animal, adonde le llegaban las carcajadas de los espectadores que el actor sabía alentar con sus expresiones de perplejidad.

No quedó nada fuera del guion, ni la infancia difícil de Lucía, ni la memoria de su madre pájaro, ni su amor por el actor, ni sus dificultades existenciales, hasta el canceroso fallecido salió a relucir. Al final de la obra el actor se acercaba al patio de butacas y confesaba que había alquilado el teatro para efectuar aquella representación con la esperanza de que acudiera a ella la actriz de la que estaba enamorado. Luego miraba a los espectadores, casi uno a uno, esperando hallarla. Al final, derrotado, iba retirándose hacia el fondo mientras sonaba a todo volumen, para que nada quedara sin profanar, *«Nessun dorma»*, el aria preferida de Lucía. Las luces se atenuaban mientras el actor se metía en el taxi y se escuchaba el ruido del motor al arrancar. El público, tras unos instantes de duelo, prorrumpía en aplausos y en vivas mientras reclamaba la presencia del actor. Las luces se encendían de nuevo y Braulio Botas, exultante por el éxito, salía del coche, a saludar. Miraba aquí y allí dando las gracias, lanzando besos a las personas conocidas, que debían de ser muchas por tratarse del día del estreno. Una de esas miradas se detuvo en Lucía, pero debió de ver al águila en vez de a la mujer, porque se puso pálido y sufrió un ligero desvanecimiento que el público acogió como parte de la representación, de modo que redobló sus vítores mientras el

190

actor se recuperaba y, evitando dirigir la vista de nuevo hacia donde se encontraba Lucía, reclamó primero la presencia de la actriz que se había colado en el escenario como una mujer despistada y luego la del director y autor de la obra. Entonces Lucía y el águila vieron aparecer a Ricardo. Y en efecto, Ricardo no se llamaba Ricardo, sino, según figuraba en el programa de mano, Santiago Cáceres, conocido autor y director teatral, galardonado con numerosos premios a lo largo de su carrera.

Lucía salió a la calle caminando sobre las patas del águila porque las de persona se habían vuelto de papel. Había entrado en el teatro como una persona real y salía de él como un ser de una ficción cómica, tragicómica en el mejor de los casos. El águila bajó andando por la calle Prado hasta la parada de taxis del Hotel Palace, donde se coló en el primero de la fila, ya que no habría sido capaz de conducir el suyo.

—¿Adónde vamos? —dijo el conductor.

Lucía abandonó las profundidades del ave para facilitar su dirección y regresó a ellas, de donde no salió hasta llegar a destino.

6

Tras unos días de convalecencia, atendida de nuevo por Calaf II, se incorporó a la vida para representar el papel que le había tocado en el reparto. Estaba más delgada aún, pero al mismo tiempo más vigilante frente a los peligros del entorno, más ágil, más ligera. Conducía el taxi con eficacia y hablaba con los clientes utilizando unos códigos conversacionales obtenidos de laboriosos algoritmos. Como no hacía frío, porque abril se comportó con misericordia hasta su término, Lucía dejaba las ventanas de su apartamento abiertas, de modo que Calaf II pudiera entrar y salir a su antojo. A veces, cuando ella volvía a casa por la noche, el pájaro no estaba, pero bastaba que encendiera una luz para que al poco apareciera, casi siempre con un regalo en la boca: un pedazo de cristal, una arandela de acero, un blíster de medicinas vacío, un cepillo de dientes muy usado..., cosas que brillaban y que Lucía guardaba en una caja de cartón como si se tratara de un botín que, desde la ficción, ella y el pájaro lograban arrebatar a la realidad.

Aquel lunes amaneció lloviendo. Al asomarse Lucía a la ventana, percibió a través de los agudos órganos olfativos del águila el olor inconfundible de las tormentas de primavera.

Algo va a suceder.

Empezó a conducir el taxi bajo una lluvia de proporciones extraordinarias que, pese a la actividad frenética del limpiaparabrisas, enturbiaba notablemente la visión. Las gruesas gotas de agua, mezcladas a ratos con piedras de granizo, percutían sobre la carrocería del coche evocando la música de fondo que en el cine advierte sobre la inminencia del crimen. En el primer semáforo recogió a un hombre que salía de un portal a la carrera, cubriéndose la cabeza con una carpeta de plástico.

—A esto se le dice tener suerte —dijo mientras se acomodaba.

Lucía escuchó cortésmente la dirección que le facilitó, bajó la bandera y puso en el reproductor, a todo volumen, el «*Nessun dorma*». Confortada por los efectos que la tormenta provocaba en su ánimo, comenzó a cantar el aria a dúo con Pavarotti sin importarle lo que pensara el pasajero, que la observaba con una sonrisa condescendiente.

—Estas tormentas primaverales generan una carga de iones negativos que provoca euforia —dijo él.

—Será eso —apuntó ella interrumpiendo momentáneamente su interpretación.

194

Y enseguida, tal y como estaba escrito, cuando empezaba a entonar el *«vincerò»*, a unos cincuenta metros de la esquina de Serrano con Juan Bravo, divisó la silueta de Braulio Botas enfundado en una gabardina que le venía grande y bajo un paraguas negro cuya hechura evocaba las alas de un pájaro gigante. Su cabeza se movía nerviosamente de un lado a otro en busca de la luz verde de un taxi.

Lucía apagó el reproductor, detuvo el coche en seco, se volvió al cliente y le ordenó:

—¡Bájese!

—¿Cómo dice? —preguntó él señalando con la mano la situación climatológica en la que se disponía a abandonarlo.

Los ojos y la garganta del águila sustituyeron momentáneamente a los de Lucía, que fulminó al pasajero con la mirada al tiempo de repetir el «bájese» con una especie de gañido que el hombre obedeció, espantado, sin resistencia alguna. Entonces arrancó el coche y lo detuvo a la altura de Botas, que plegó el paraguas, abrió la puerta y penetró en él entre bufidos.

—¡Vaya día! —dijo colocando el paraguas en el suelo del coche para no mojar el asiento.

—¡Maravilloso! —apuntó Lucía—. La atmósfera está cargada de iones negativos productores de euforia.

—Negativos tienen que ser, desde luego. Vamos al Teatro Español, en la plaza de Santa Ana.

195

—¿Tiene usted un ensayo?

—¿Cómo dice?

—Perdone, es que lo he reconocido. Es usted Braulio Botas, el actor. He visto su obra.

—Ah —exclamó él, halagado—, ¿y le gustó?

—Mucho, no soy de ir al teatro, pero un compañero me dijo que el personaje era un taxista y me interesó, claro. Está usted fantástico.

—Bueno, muchas gracias.

—Y todas esas locuras que dice, tan divertidas algunas y tan profundas otras, a mí se me ocurren con frecuencia. En el taxi le damos muchas vueltas a la cabeza. Entre la gente que ves, las conversaciones que escuchas y las horas de soledad, en busca de un cliente, hay días que cuando te vas a la cama has pensado más que un ejército de filósofos.

—¿Ah, sí?

—Como se lo digo. Por eso está muy bien su personaje, porque brinca de una idea a otra como un pájaro saltarín. Digo yo que el autor de la obra, ¿cómo se llama?...

—Santiago Cáceres.

—Eso es, Cáceres, digo yo que se tiene que haber documentado para escribir lo que escribe. Porque es que da en el clavo, se lo aseguro.

—Pues supongo —señaló prudentemente Botas.

—¿Y usted? ¿Usted no se ha documentado?

—Bueno, yo menos. Cuando un texto funciona, te da todas las claves que necesitas. No soy de

196

esos actores que para hacer de loco se pasan un mes en el psiquiátrico.

—Pues se tendría que pasar un día conmigo, dentro del coche, para que viera lo que es este mundo. Así, luego, lo representaría mejor.

Lucía empleaba un tono insinuante que el actor captó enseguida, por lo que comenzó a observar a la taxista con una mirada calculadora.

—¿Tiene usted prisa? Porque ya ve cómo está el tráfico —dijo ella.

—En realidad, no. Hoy no tengo función, descansamos los lunes. Iba al teatro para ajustar un par de escenas con el director, pero la verdad es que está el día como para quedarse en casa. Si no supiera que es por la mañana, juraría que ha empezado a anochecer.

—Pues quédese en el taxi, que es como estar en casa.

Los ojos de pájaro de Braulio Botas realizaron un movimiento de duda. Luego observaron a Lucía con una atención desmesurada a través del espejo. ¿Sí o no?, parecía decirse. Ella le sonrió al tiempo de guiñarle un ojo. Dijo:

—Si quiere saber cómo vive una taxista, le puedo enseñar también mi casa.

—¿Vives sola? —la tuteó Botas.

—Sí. A veces demasiado sola. No es que eche de menos a nadie, no sirvo para estar en pareja, pero en días de lluvia como hoy sí apetece ver una película en casa, con alguien al lado a ser posible.

Botas sonrió complacido. Luego sacó el teléfono y anuló decididamente la cita que tenía en el teatro.

—Pues estoy a tu disposición —dijo.

Lucía pensó a toda velocidad en el inconveniente de que el actor había sido vecino de ella y que se haría preguntas cuando llegaran al portal de la casa.

—A ver dónde puedo dar la vuelta —dijo—. Vivo en Canillas con Cartagena. Precisamente en un apartamento que he alquilado hace poco a una colega.

El actor pareció inquietarse durante unos instantes, por lo que Lucía añadió:

—Ha vendido la licencia porque se ha ido a vivir fuera.

—¿Ah, sí?

—A Mallorca, creo.

—¿Hace mucho?

—No, unas semanas.

El actor se relajó.

—Casualmente —dijo—, yo he vivido también ahí, de modo que tu compañera y yo hemos tenido que ser vecinos.

—Si ha vivido ahí, seguro.

Lucía giró en Colón a la derecha para tomar la Castellana en dirección a María de Molina. La intensidad de la lluvia había disminuido y el limpiaparabrisas descansaba de vez en cuando unos instantes. La sensibilidad del águila captó la excitación sexual del actor, que tuvo una réplica en las entrañas de la mujer. Fruto de esa excitación, Botas continuó hablando.

—De hecho —dijo—, creo que la conocí.

—¿A quién?

—A tu colega. Ella vivía en el cuarto y yo, en tercero. Un día bajó a mi casa por una humedad que había en su cocina. Pero yo me mudé enseguida y no nos volvimos a ver.

—Eso se cuenta en *Lo que sé de mí* pero al revés. En la obra de teatro es el taxista el que baja al piso de ella cuando ella está escuchando *Turandot,* ¿no?

—Sí. Te confesaré una cosa. Cáceres, el autor de la obra, se inspiró en ese encuentro.

—Vaya, vaya.

—¿Y conoces mucho a tu colega?

—Qué va. Supe que alquilaba el piso porque puso un anuncio en la emisora. Fue todo muy rápido. Tenía prisa por marcharse. Ni siquiera la vi porque lo dejó todo en manos de un asesor con el que firmé el contrato. Me pidió por teléfono que cuidara de un pájaro que de momento no se podía llevar y como las condiciones eran excelentes le dije que sí. Y ahora me he encariñado con el animal. La vida.

—Pues debía de ser un personaje curioso, porque, por una serie de casualidades, el autor de *Lo que sé de mí* la trató bastante.

—Ya, ni idea —dijo Lucía—, en este trabajo hay de todo porque es un sector de aluvión. Cada vez que se cierra una empresa, alguien, con el finiquito, se compra una licencia.

—Como tu colega, que era informática antes de dedicarse al taxi.

—¡Igual también que tu personaje en la obra!

—Sí.

Lucía, que había confiado en la remota posibilidad de que el actor hubiera permanecido ajeno a la trama urdida por Roberta y el falso Ricardo, disimuló el daño infligido por sus palabras lanzándole una sonrisa seductora a través del retrovisor.

Tardó veinte minutos en llegar a María de Molina, que tomó en dirección a la avenida de América para desde ella coger Cartagena. El tráfico, bajo el aguacero, que había vuelto a intensificarse, parecía un puré de guisantes en el que los grumos eran los automóviles. Gracias a los agudos sentidos del cuerpo del águila, combinados con los de los órganos del de la mujer, Lucía notaba la subida de la temperatura sexual en el interior de la burbuja del coche.

—No te pongas nervioso, que enseguida llegamos —dijo volviéndose al actor con un guiño de complicidad.

—Tú conduce con cuidado, no vayamos a tener un accidente y se nos chafe el plan.

—Para los actores debe de ser muy fácil tener aventuras como esta, ¿no? —dijo Lucía progresivamente decepcionada por la mezquindad de Botas.

—Para las taxistas también, supongo.

—Bueno, no te vayas a creer que me voy a la cama con el primero que se sube al coche. Atribuye este regalo a los iones negativos de la tormenta y a lo que me ha gustado la obra de teatro. Es como si te devolviera algo de lo que me has dado.

—No te he regalado nada, supongo que pagaste la entrada.

—Y tú vas a pagar la carrera, ¿qué te crees?

Los dos rieron.

—Por fin —dijo Lucía cuando el coche entraba en el garaje del edificio.

Ya en el ascensor, mientras subían, Botas acercó su boca a la de ella, rozándole apenas los labios, como había hecho en su primer encuentro. Debía de ser su método. Ella reconoció su aliento, no lo habría olvidado en mil años de vida, y dejó escapar un poco del suyo, que el actor aspiró como un perfume.

—Ummm —dijo.

Ya en el apartamento, Botas observó a Calaf II, que descansaba en su percha, con un gesto de distancia. Antes de que dijera nada, intervino Lucía.

—Este es el pájaro, lo he heredado temporalmente de la dueña del piso. Es muy sociable.

El actor se acercó para acariciarle la cabeza con un dedo al que el animal lanzó un picotazo.

—¡Qué hijo de puta! —exclamó retirando la mano.

—Ha visto tu lado oscuro —bromeó Lucía—, tiene un olfato especial para detectar a la mala gente.

Luego fue al dormitorio seguida por él y comenzó a desnudarse. Se quitó todo menos las bragas.

—¿Así, sin preámbulos? —dijo él desprendiéndose de la gabardina.

—Prefiero los posámbulos —sonrió ella.

—Me estás empezando a dar un poco de miedo —añadió Botas desnudándose—. No sé si voy a estar a la altura.

—No te apures, yo te echaré una mano.

Cuando Botas se encontraba en calzoncillos, Lucía se acercó a él para bajárselos.

—¡Qué decepción! —dijo—. ¡No tienes tatuado *Nessun dorma* en el pubis, como tu personaje en la obra de teatro!

—Claro que no, encanto, no confundas la realidad con la ficción. De eso va en parte *Lo que sé de mí:* de la gente que confunde una cosa con otra.

—Pues a lo mejor yo sí lo tengo, mira, agáchate.

El actor se agachó, incrédulo, con una sonrisa, hasta colocarse a la altura del sexo de ella, que se bajó las bragas para que viera el tatuaje. La excitación pudo más que la sorpresa, de modo que no ofreció resistencia alguna cuando ella lo tomó del pelo y acercó su cabeza a su sexo, que el actor comenzó a besar primero y a lamer enseguida para absorber sus jugos. Y cuando más abstraído se hallaba, perdida su lengua en los pliegues íntimos del águila, que él tomaba por los de la mujer, recibió en la sien izquierda un golpe brutal que lo hizo caer sin sentido sobre su costado derecho.

Lucía hizo un gesto de dolor. Le había golpeado con el puño de mujer impulsado por la fuerza feroz de la pata del águila. Aunque supuso que tardaría en volver en sí, corrió a la cocina en busca de un rollo de cinta americana con el que le sujetó las manos a la espalda y le ató las piernas a la altura de los tobillos. Luego, también con la ayuda del águila, logró subirlo hasta la cama.

Cuando Botas abrió los ojos, sonaba *Turandot* en el salón. Tenía un hematoma en la sien y parecía aturdido. Lucía estaba sentada en la cama, desnuda, contemplándolo.

—A ver —le dijo—, vete atando cabos.

El actor se dio cuenta de que no podía mover los brazos ni las piernas. Miró a la mujer.

—¿Qué pasa? —dijo.

—Ata cabos y verás lo que pasa.

—¿Con qué me has golpeado?

—Con la pata de un águila. ¿Vas o no vas comprendiendo lo ocurrido?

—Mira, ¿cómo te llamas?...

—Mi misterio está encerrado en mí, nadie sabrá mi nombre y sobre tu boca lo diré cuando resplandezca la luz. ¿Te suena?

—Sí —dijo un Botas confuso.

La mujer acercó sus labios a los del actor, rozándolos apenas.

—Turandot —susurró.

Y enseguida, frente al gesto de perplejidad de él, añadió:

—En realidad, Lucía Turandot. Mi padre era un admirador de Puccini. La gente me llama Lucía.

Botas sacudió la cabeza, como si lo que ocurría fuera un sueño del que pudiese despertar cambiando de postura.

—Mira, Lucía —añadió al comprobar que no—, la idea de la obra de teatro fue de Roberta, que es la productora, y de Santiago Cáceres, el autor. Son pareja. Pero me dijeron que hablarían contigo para pedirte permiso. ¿No lo han hecho?

—No.

—Se habló incluso de abonarte unos emolumentos en concepto de derechos de autor.

—Emolumentos, qué palabras gastas. Ahora comprendo por qué trabajabas tan poco, eres un actor malo, malísimo.

—Pero yo no te he hecho nada —suplicó intentando desasirse de las ataduras.

—No te puedes ni imaginar lo que me has hecho porque para eso hay que tener sensibilidad. Escucha a Pavarotti.

La música, que llegaba a través de la puerta del salón, hizo llorar a Lucía como si procediera del otro lado de un tabique.

—Me has destrozado la existencia —dijo entre lágrimas—. La gente como tú no se merece nada, aunque sea muy culta.

Botas continuaba perplejo, con expresión de no creer lo que sucedía. Sonó un trueno que hizo retumbar los cristales. Ella fue al salón, buscó en el disco el aria «*Nessun dorma*» y volvió al dormitorio, para cantarla con el tenor frente al rostro atónito de Braulio Botas. Seguía desnuda, acariciándose el tatuaje.

—¿Sabes lo que duele hacerse un tatuaje aquí? Era un regalo para ti. Bueno, qué te voy a decir si lo sabes todo. Lo que no te haya contado Roberta te lo habrá contado Cáceres. Un regalo del que te ríes en la obra como un cabrón.

—Perdona, Lucía —imploró el actor.

—¿Sabes cómo se llama el pájaro que has visto en el salón?

Botas dudó, finalmente decidió que era mejor decir la verdad.

—Calaf II, me lo dijo Roberta.

—Calaf II vive ahora aquí, pero es un descendiente de esos pájaros que volaban sobre la plaza de Pekín adornada con las cabezas empaladas de los pretendientes de Turandot. Tiene mucha práctica en arrancar párpados y vaciar ojos. También sabe hurgar entre los labios en busca de la lengua.

—Por favor, Lucía...

—Ahora vas a hacer una cosa que te voy a decir.

—Lo que quieras.

Lucía fue adonde el hombre había dejado la ropa y buscó su móvil.

—Había pensado en que llamaras a Roberta, pero mejor le vamos a poner un wasap desde tu teléfono. Dame tu pin.

Tras desbloquear el aparato, puso a Roberta un mensaje en el que la urgía a acudir al apartamento antes de una hora. Tal como esperaba, la respuesta de la mujer llegó enseguida:

Qué pasa.

Es una sorpresa muy grande, y muy agradable, que no te puedes ni imaginar, deja lo que estés haciendo, pide un taxi y ven. No le digas nada a Santiago.

Vale, me tienes en ascuas.

Luego puso a Santiago Cáceres otro wasap en términos muy parecidos. Confió en que no llegaran al apartamento a la vez.

—Me duele mucho la cabeza —dijo Botas.

—No me extraña, tienes en la sien un hematoma del tamaño de un huevo de gallina. Si te molesta la música, la quito.

—Al contrario —dijo por miedo a contradecir a Lucía, que había empezado a vestirse para recibir a las visitas.

Llegó primero Roberta, que entró en el apartamento con expresión de sorpresa, lanzando a Lucía una sonrisa entre cómplice y culpable.

—Pasa a la habitación —le dijo Lucía respondiendo a su sonrisa con expresión de connivencia.

Roberta se adelantó y en el instante mismo de dejar atrás a Lucía recibió en la cabeza un golpe con un objeto duro, que en esta ocasión resultó ser un mortero ornamental, de cobre. Cayó al suelo sin decir nada. Sonó de nuevo el timbre de la puerta, no el del telefonillo. Cáceres debía de haber encontrado abierta la del portal. Lucía dudó un par de segundos y fue a abrir. Al ver el cuerpo de Roberta en el suelo, Cáceres se detuvo.

—Se ha desmayado —dijo Lucía.

El hombre se agachó sobre la mujer justo en el momento en el que comenzaba a brotar la sangre de su cuero cabelludo y un momento después de que Botas, desde la habitación, gritara:

—¡Socorro!

Cáceres, todavía agachado, volvió confuso el rostro hacia Lucía, que le rompió el cráneo con el mortero. Como pese a la ferocidad del golpe el hombre intentara incorporarse, Lucía le golpeó de nuevo y vio salir de la herida, mezclada con la sangre, una sustancia blanquecina.

—Era un cabeza de chorlito —dijo dirigiéndose a Calaf II, que había observado todo desde su percha con una ausencia notable de opinión.

Cáceres había muerto. Roberta, no. Pero Lucía solucionó el problema dándole en el cuello, a la altura de la tráquea, un mordisco con el que le arrancó pedazos de cartílago mezclados con trozos de músculo y porciones de piel con las que formó en su boca una pasta homogénea. Aunque los dientes empleados fueron los de la mujer, la técnica utilizada en el desgarro pertenecía a la del pico del águila. En el cuello de Roberta quedó un agujero por el que se podía apreciar el bulbo raquídeo.

—Todo tuyo —dijo al pájaro, que descendió de la percha para picotear la masa gris que escapaba de la cabeza del hombre antes de meter el pico en el cuello de Roberta.

Lucía se limpió la sangre de la boca con la manga de la blusa. Luego volvió la cabeza de águila hacia el ala y continuó aseándose contra las plumas. Cuando consideró que estaba presentable, volvió al dormitorio, donde Botas preguntó con gesto grave qué había ocurrido.

—Lo que estaba escrito —dijo ella sentándose de nuevo en la cama como el que acaba de entrar en la habitación de un enfermo—. Ahora vamos a hablar tú y yo.

—Lo que quieras, Lucía, lo que tú digas.

—Y serás sincero. Tal vez no lo hayas sido nunca, es posible que te falte práctica, pero júrame que lo vas a intentar.

—Lo juro.

—Enséñame la lengua.

—¿Cómo?

—¡Que saques la lengua, joder!

Botas se apresuró a sacarla.

—¡Más, imbécil! Tanto como puedas.

El actor obedeció. Lucía la observó con el interés de un médico.

208

—¿Nunca te has preguntado por qué la tienes tan puntiaguda?

—La verdad, no.

—Porque es una lengua de pájaro, idiota. Fíjate en la mía.

Lucía sacó la suya para que el hombre la viera.

—Sí —dijo.

—Podrías haber sido un hombre pájaro perfecto y fíjate en lo que has hecho con tu vida.

Botas movió de un lado a otro sus ojos de ave. Intentaba hacer cálculos a velocidades de vértigo. Quizá pensaba que la mujer tenía un punto débil. Si daba con él, la sometería. Pero mientras lo adivinara era preferible callar para no empeorar la situación.

—No sabes qué te conviene decir para escapar, ¿verdad? —dijo ella.

—No lo sé —confesó él.

—Dime por qué yo, por qué me elegiste a mí para hacer esa pantomima con la que el público se ríe tanto.

—Tu historia me interesó desde el principio porque era real.

—Explícame eso.

—Real no significa realista. Es más, una obra real no debe ser realista. La realidad y el realismo no tienen nada que ver, aunque la mayoría de la gente confunde una cosa con otra.

Lucía no entendió muy bien la diferencia, pero reparó en que Botas estaba siendo sincero. Notó que había en ese asunto algo, de lo que quizá ni él mismo era consciente, que le interesaba por encima de lo que le pudiera ocurrir.

—Llevo muchos años en esto del teatro —añadió él—, soy un actor fracasado. Pero mi fracaso no es la consecuencia de una falta de talento, sino de un exceso de él. Nadie me había dado la oportunidad de hacer algo grande hasta que apareciste tú. A mí solo me interesa la realidad.

—Pues en el suelo del salón hay una cantidad de realidad que te espantaría.

—Desde pequeño —siguió él— busco una puerta que conecte con la realidad y esa puerta la abriste tú con la historia de tu vida. No te la robé, no te robé la vida, entré en ella con la desesperación del náufrago que encuentra una isla.

—Eres muy convincente.

—No intento serlo. Me has dicho que te dijera la verdad y no se me ocurre otra cosa más cercana a ella.

—¿Sacrificarías tu vida por la realidad? —dijo ella.

—Con los ojos cerrados —dijo él.

—Cumpliré tu deseo, te daré un poco de realidad a cambio de tu hígado. Pero primero me tienes que dar tú a mí también algo real.

—Lo que me pidas.

Botas parecía haber entrado de repente en una lógica en la que ya no le importaran las ataduras de los brazos y las piernas. Algo extraño había ocurrido en el interior de su cabeza.

Lucía se desnudó. Luego dobló la almohada de forma que la cabeza del hombre quedara un poco elevada y se colocó a horcajadas sobre ella, ofreciéndole sus genitales.

—Lámeme con tu lengua de pájaro —le dijo.

El hombre, obedeciendo, se aplicó a la tarea. Los genitales físicos que lamía eran los de Lucía, pero los metafísicos pertenecían al águila, de modo que la mujer y el pájaro que convivían en el mismo espacio tuvieron un orgasmo simultáneo cuyos efectos sonoros compitieron con los de la tormenta que discurría afuera. Cuando Lucía se apartó, agotada, y vio la erección del actor, dijo:

—Quizá has sido sincero. Ahora tendrás tu porción de realidad.

Dicho esto, dio un bocado tremendo en su vientre y comenzó a eviscerarlo con la habilidad con la que un buitre vaciaría el cuerpo de un ciervo. Botas gemía entre el placer y el horror mientras su erección crecía. Cuando la boca de la mujer llegó al hígado gracias a la eficacia del pico del águila, se corrió con el gemido de un moribundo, alcanzando su semen la altura del techo.

En ese instante, sonó el timbre del telefonillo. Lucía abandonó el dormitorio y se dirigió al salón, donde contempló el panorama y decidió que había producido una cantidad de realidad suficiente como para compensar la hora y media de ficción en la que los tres cadáveres habían convertido su vida. Observó con una mirada desprovista de opinión a Calaf II, que hurgaba con su pico en la brecha abierta en el cerebro de Cáceres. Aleteó un poco, como para desentumecerse, y recorrió el salón de un lado a otro sobre sus poderosas patas de águila. Cuando el telefonillo volvió a sonar, se acordó del pasajero que no era un pasajero, al que había llevado al Complejo Policial de Canillas. Contó tres timbrazos más. Al cuarto, se dirigió a la ventana, la abrió y se arrojó al vacío en medio de la tormenta. Cuando apenas había volado dos metros, el cuerpo de la mujer se desprendió del cuerpo del águila, cayendo con violencia por los efectos de la gravedad, mientras el ave, liberada de aquel lastre, se elevaba gloriosamente hacia el lugar del que procedían los rayos.

Este libro se terminó
de imprimir en
Móstoles, Madrid,
en el mes de
febrero de 2018